NHK俳句

暦と暮らす

語り継ぎたい季語と知恵

宇多喜代子

NHK出版

NHK俳句

暦と暮らす

語り継ぎたい季語と知恵

はじめに

日本の季節と自然現象、それに準じた風土と人の暮らしのさまざま、これを知るのにもっともふさわしい書物はといえば、まず俳句歳時記があげられます。解説や考証をくわしく記載した大判の重いものから、上着のポケットに入るくらいの普及版まで、どんな歳時記を繰っても、そこには日本という国土の四季の景と植物や動物の四季の生き様が、簡潔なことばで記されています。その多くが、春・夏・秋・冬・新年の順で編まれており、本書もこれに倣《なら》いました。

当節では電子辞書やスマートフォンが紙歳時記の替わりをしてくれていますが、電源や電池がなくても使用することのできる紙の俳句歳時記は、やはり俳句をつくる人たちの必携の書物です。一冊持てば幾年でも利用できます。

と同時に、俳句の実作とは無縁の人であっても、日本を知るための実用の書として役に立つことも歳時記のおおきな利用価値です。ことにこれから世界を相手に活動してゆくグローバル時代の方々にとって、母国を知ることはもっとも大事なことです。

私たちの先祖は、そんな四季に逆らうことをせず、寒暖それぞれの気象のなかで、平地や盆地、海浜や山国などで無事に暮らす術を工夫し、多くの知恵を残してくれております。

私は昭和十年生まれ、父母は大正生まれ、祖父母は明治生まれです。生まれたときから成人するまでこの三代同居の暮らしを続けてきました。折々の話に登場していた祖父母を育てた私の曽祖父母は江戸時代の生まれで、ご一新や明治五年の暦の改暦を迎えたのちに没しております。そんなわが家の暮らしの基底は「明治以来のむかし式」という和風が日常でした。古来の約束事、しきたり、季節の衣食住などが無理なく当たり前のこととして暮らしに溶け込んでいました。

一般の暮らしに歳時記の「時候」「天文」「地理」「動物」「植物」のあらかたは古今にさしたる差はありませんが、おおきく変わったのは「生活」です。昭和になって「扇風機」や「冷蔵庫」「クーラー」のような季節の家庭用電気器具は新季語として入集してきましたが、たとえば歳時記に収録されている暖房や煮炊きは依然として薪炭《しんたん》使用です。電気や石油にたよらない薪炭暮らしを体験したのはたぶん私世代が最後ではないかと思われます。私には古いとされる大方の季語が、説明や解説を必要とせずに理解できます。たとえば堅炭《かたずみ》、軟炭、石炭、練炭《れんたん》、炭団《たどん》、豆炭、消炭《けしずみ》、これらの形状、用途など、一目でわかる時代を経て現代の電化製品にありついたのが、昭和時代の人たちです。

ことほどさような事情からして、暮らしの合理化、情報技術がいかに進んでも、日本に「春夏秋冬」のあるかぎり、これに拠《よ》って生きてきた先祖たちのなした生活にまつわる季語は、日本人の暮らし辞典として、生活文化の継承の標《しるべ》として、歳時記に留めておいてほしいというのが本心です。いま使わないからという理由でやすやすと「これは死語です」などと言葉を破棄することなど、とんでもないことです。

たしかにかつてはなかった生活を助ける多くの便利な器具が身のまわりに氾濫《はんらん》していて、もう役に立たないと思われている季節の道具や食べ物、もうだれも参加していない祭など多々ありますが、一方に、江戸前期に作られた「桜」の句、

さま〴〵の事思ひ出す桜かな　**芭蕉《ばしょう》**

が、いま生きている人々のこころを打つように、自然や情感に対する不変の心情を受け継いでゆくことばとして残している季語も多くあります。ことばを繋《つな》いでゆく季語はリレー選手のバトンのような役目を果たしています。

目下、地球温暖化が重大な問題として地球人に突きつけられています。農薬や環境破壊の怖ろしさを警告して人類社会に衝撃を与えたR・カーソンの『沈黙の春』から六十年たっての大問題です。そんな現実を一方に抱えながらの季語世界です。温暖化

の問題は、このままだと人間を含む生物の生存や生活の根幹に深刻な事態を引き起こすこと必至です。そんな大問題の前では歳時記の問題など末梢的なことと思われますが、やはり大事です。この自然破壊の問題や外来動植物の問題は、日本の自然におおきく影響を及ぼすことになります。そのことは大問題であると同時に、長く日本人の心性を繋いできた祭、年中行事の在りようを考えさせる課題となってきます。かつて高性能の農薬や殺虫剤が使用されるようになったために、田に害虫や蚊や蠅《はえ》などがいなくなり、歳時記の「虫送り」「実盛祭《さねもりまつり》」「蚊帳《かや》」「蠅叩《はえたたき》」などが解説なしではわからなくなりました。同じようなことが今後も多々出てくるでしょう。

たとえ牧歌的だと指弾されようと、流動する世情が切実であるがゆえに、朴訥《ぼくとつ》な暮らしの日々の体験が大事に思えるのです。ここに書きとどめたことは、暦を目安にして暮らしていたまことにささやかな日々の出来事ばかりです。電気にたよらない時代、パソコンではなく自力で情報収集をしていた時代、脚で移動をしていた時代、農事その他の作業に手足を使っていた時代、昭和の暮らしとはそんなものだったのです。

おおくを手でこなすという生活はまことに不便でしたが、不幸ではありませんでした。その断片を綴《つづ》ったのがこの『ＮＨＫ俳句　暦と暮らす　語り継ぎたい季語と知恵』です。

宇多喜代子

目次

装幀　児崎雅淑（芦澤泰偉事務所）

写真　武藤 盈『写真で綴る 昭和30年代 農山村の暮らし 高度成長以前の日本の原風景』（農山漁村文化協会、二〇〇三年）より転載

イラスト　北村さゆり

校正　青木一平

DTP　天龍社

本書は、「NHK俳句」テキスト二〇一五年四月号～二〇二〇年三月号掲載の記事をもとに、加筆、改稿、再編集しています。

【春夏秋冬と二十四節気《にじゅうしせっき》】

古人の知恵は一年を四季に分け、さらにその季節を等分に分けました。二十四節気という知恵は、季節のけじめとして、生活のたつきとして、私たちの暮らしのなかに今も息づいています。俳句を詠《よ》むうえでも大きなよりどころとなることでしょう。

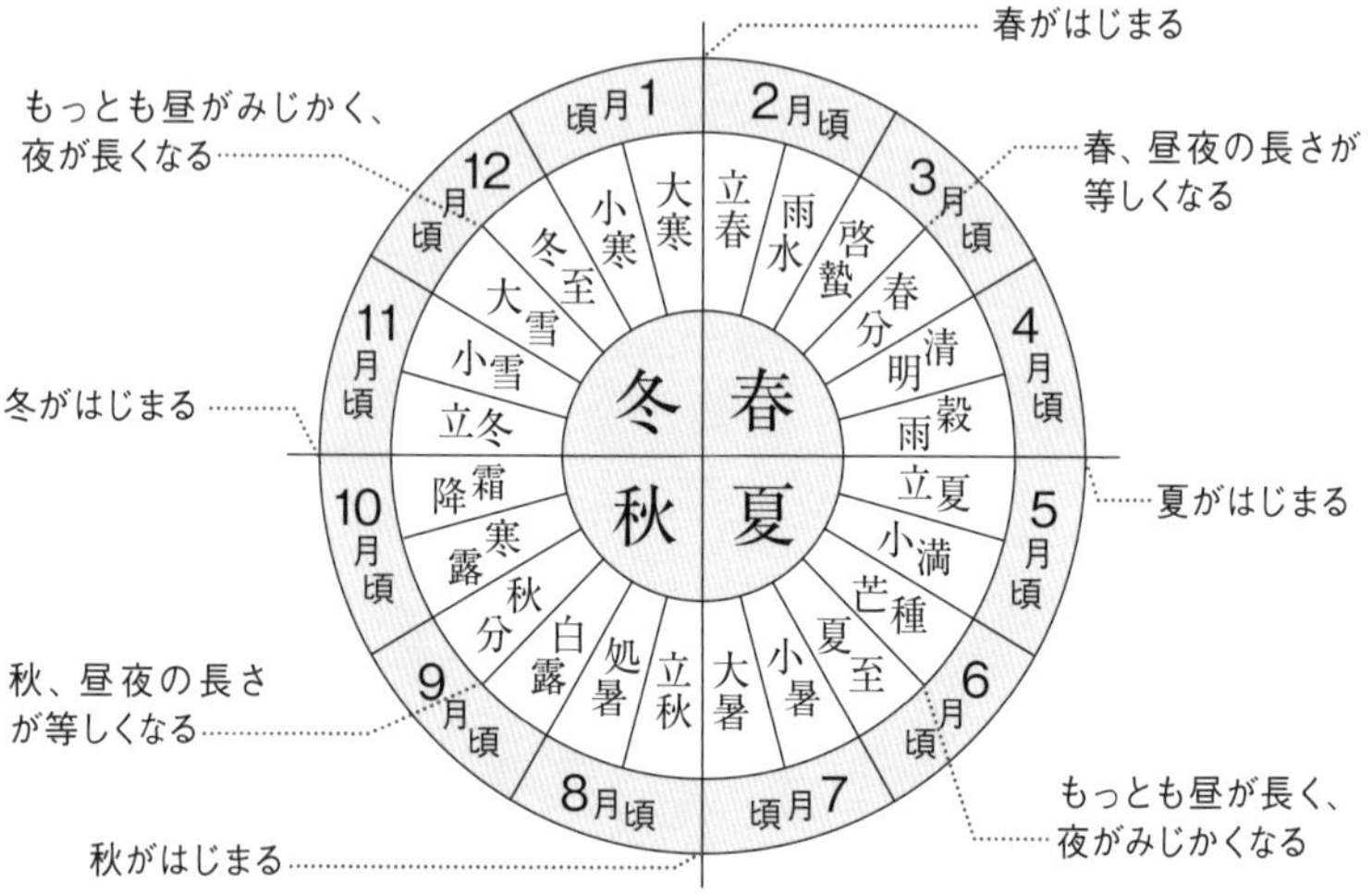

[春]

立春《りっしゅん》 2月4日頃 春がはじまる

雨水《うすい》 2月19日頃 雪が雨に変わるころ

啓蟄《けいちつ》 3月5日頃 冬ごもりしていた虫たちが穴から這《は》い出るころ

春分《しゅんぶん》 3月20日頃 春、昼夜の長さが等しくなる

清明《せいめい》 4月4日頃 天地すべてのものが清らかになるころ

穀雨《こくう》 4月19日頃 春の雨が田畑の植物を潤すころ

[夏]

立夏《りっか》 5月5日頃 夏がはじまる

小満《しょうまん》 5月20日頃 少し満ちる、すなわちこれから盛んになるころ

芒種《ぼうしゅ》 6月5日頃 穀物の禾《のぎ》と種、麦を刈り稲を植えるころ

夏至《げし》 6月21日頃 もっとも昼が長く、夜がみじかくなる

小暑《しょうしょ》 7月7日頃 これから暑さがだんだん増してくるころ

大暑《たいしょ》 7月22日頃 もっとも暑さがきびしくなるころ

【新暦と旧暦】

新暦（太陽暦《たいようれき》）は地球が太陽の周りを一周する期間を1年と設定しているのに対して、旧暦（太陰太陽《たいいんたいよう》暦《れき》）はまず月の満ち欠け（朔望月《さくぼうげつ》）によって1か月を決め、その12か月分を1年と設定しています。朔望月は約29・5日なので、その12か月分の1年は354日となり、旧暦の1年は、新暦の1年より11日ほど短くなります。そこで旧暦では約3年に一度、例えば4月と閏《うるう》4月のように同じ月を二度繰り返すことで、1年の長さのずれを調整しています。

【二十四節気の仕組み】

地球が太陽の周りを一周する1年を、古くは冬至《とうじ》を起点（近世からは春分《しゅんぶん》を起点）として24等分したものが二十四節気です（右図）。つまり、二十四節気は、太陽暦を基準としたものです。そして、それぞれにはその時候を表す名称、自然事象に託した言葉がつけられています。夏至・冬至を二至《にし》、春分・秋分を二分《にぶん》、立春・立夏・立秋・立冬を四立《しりつ》、二至・二分と四立を合わせて、八節《はっせつ》といいます。

［秋］

立秋《りっしゅう》 8月7日頃 秋がはじまる

処暑《しょしょ》 8月23日頃 暑さがおさまってくるころ

白露《はくろ》 9月7日頃 夜、草に白く露がおりるようになるころ

秋分《しゅうぶん》 9月22日頃 秋、昼夜の長さが等しくなる

寒露《かんろ》 10月8日頃 寒くなり草に露が凝るころ

霜降《そうこう》 10月23日頃 霜が降るようになるころ

［冬］

立冬《りっとう》 11月7日頃 冬がはじまる

小雪《しょうせつ》 11月22日頃 北国や山で初雪のたよりを聞くころ

大雪《たいせつ》 12月7日頃 本格的な冬となり大いに雪の降るころ

冬至《とうじ》 12月21日頃 もっとも昼がみじかく、夜が長くなる

小寒《しょうかん》 1月5日頃 寒に入り、寒さがだんだん増してくるころ

大寒《だいかん》 1月20日頃 もっとも寒さがきびしくなるころ

＊日付は２０２０年２月～２０２１年１月のものです

「ほー」といいながら、話をきいてくれる優しいおばちゃん。
昭和32年3月 埼玉県小鹿野町久月

春

立春
雨水
啓蟄
春分
清明
穀雨

二月

初春

立春から雨水のころ

立春の今日

一月も下旬のまだ寒いころに、ふと「立春」という言葉が耳に届きますと、それだけで暖かい春が来るのだという期待感に胸がわくわくしてきます。これを自分で声にしてみますと、シュンという弾けるような語感が、立夏、立秋、立冬などにはない、いかにも春らしい感じを強めているように聞こえてくるから不思議です。

今日何も彼《か》もなにもかも春らしく　稲畑《いなはた》汀子《ていこ》

ああ、今日は春なんだと思うだけで「なにもかも」に春を感じたという、素直でだれもにほんとうにそうだと思わせる句です。この「なにもかも」には、野山の様子、風や風光、身近な動物の動きなどのほか、ファッションや装飾品、食卓の献立などが含まれており、その一切の気配に春らしさを感じたという句です。
実際にはまだ寒く、「ほんとうの春はまだまだね」という日だったかもしれないのですが、「今日は春だ」と思うだけで魔術のように春が訪れるのです。大げさにいうなら、ことばの霊性とでもいえる力でしょうか。
立春の二字、リッシュンという語感は、あたかもほんとうの春の助走のように春の入り口に立っているのです。

音なしに春こそ来たれ梅一つ　召波《しょうは》

召波の生きた江戸時代と現代の暮らしの様式や道具や制度などにはおおきな違いがありますが、季節の巡りのもたらす風景や、そこに生まれる情感には違いがありません。まだ雪が残っているような梅の木に花が一輪ついている。いつの間に春が来たのか、だれにも気づかせないように春になり、そのしるしのように梅花が咲いている。過去、これと同じ景に幾度出会ったことでしょう。

立春の甲斐駒ヶ嶽畦《かいこまがたけあぜ》の上　飯田龍太《いいだりゅうた》

立春の山が山押す陸奥《むつ》の国　木附沢麦青《きつけざわばくせい》

二句ともに甲斐、陸奥という特定地域の立春を山という大きな景で表現した句です。冬の曇天や、冬霞であまり近くに思われなかった甲斐駒ヶ嶽という山が、ついそこの畦の上に近づいてきた、春なんだ、そんな句です。ところがさらに冬のきびしい陸奥の国では、つらなる山々がおたがいを押し出すように見える、その息吹《いぶき》が感じられるようになった、ああ春なんだ、と思いつつ山を見ている句、山を感じている句です。

立春の庭に捨てられ鬼の面

原《はら》　コウ子《こ》

立春とは「節分」の翌日に当たります。「節分」は冬の最後の季語、「立春」は春の最初の季語です。そのことがわかると、この句がわかるでしょう。前夜、大声で「鬼はそとぉ」「福はうちぃ」とやったのでしょう。鬼の役を受け持った誰かが、まいったまいったと庭に出ていって、かぶっていた鬼の面をそのままにしておいたのでしょう。威勢のいい鬼も、立春の気に圧されて形なしです。

さて「立春」とは、二十四節気の一つです。二十四節気とは一年三百六十五日を二十四に分け、それぞれを暦法の基準にしていく大事な節目の日に、ふさわしい名をつけて、春夏秋冬という四季をさらに細かく知ることができる暦の知恵です。たとえば春であれば、初春の「立春・雨水」、仲春《ちゅうしゅん》の「啓蟄・春分」、晩春の「清明・穀雨」の六つがあります。

私たちは季節を順列で呼ぶとき、「春・夏・秋・冬」というふうにまず「春」を先頭に置きます。その春の最初の日が「立春」。

二十四節気は太陽の運行をもとにしていますから、旧暦（太陰太陽暦。本書では「旧暦」と表記しております）・新暦（太陽暦）とは本来関係ないのですが、旧暦の一月＝春、新暦の一月＝冬というふうに月に対するイメージが変わってしまいました。二月四日という二〇二〇年の立春の日は、旧暦では一月十一日でした。しかし、二十四節気は春分（春に昼と夜の長さが等分になる日）を起点に一年を二十四等分したものなので、旧暦・新暦で日付は変わりますが、気候としては同じころと考えてよいのです。

明治の改暦以後、暦の旧暦と新暦を理解しておかねばその矛盾に混乱をおこしたり、「立春の日がどうしてこう寒いのだ」「なにもかも春らしくって大嘘《おおうそ》ではないか」と、ヒステリーをおこすことにもなりかねません。

暦上の季節と実際の季節感には、ほぼ一か月のずれがあるということ、これは立夏にも立秋にも立冬にもいえることです。その上で次の季節を待つという楽しみ、ずれを楽しみ季節の言葉を楽しむ、そんな洒落《しゃれ》た日本固有の感性、なにもかもを合理性で片づけない、そんなあわいのなかで季節とともに暮らしを立ててゆけば、これもまたよきものだと思えるようになるのではないでしょうか。

立春の海よりの風海見えず　桂《かつら》　信子《のぶこ》

海は見えないのだけど海からの風を感じている、他季には感じられない風の匂いでしょう。海はもうすこし先だ、だけどこの風は海のものだ、そんな春の感じ方が伝わる句です。

立春すなわち「寒明け」です。以後、春にはなったけれどもまだ寒いという日々を「早春」「春浅し」「冴返《さえかえ》る」「余寒」「春寒」などの季語が伝えてくれます。待つうちに、ほんとうの春が到来します。

立春の今日あれをしてこれをして　喜代子

雪解《ゆきげ》川の虎《とら》

「雪解」は文字どおり、春になり積雪が解けることをいいます。一般には「ゆきどけ」と読みますが、「ゆきげ」と三音で読むこともできます。歳時記の傍題にはこの三音を「雪解川《ゆきげがわ》」「雪解水」「雪解原」「雪解風」などに活用したものが多く採集されています。

雪どけの音聞いてゐる朝寝かな　几董《きとう》

几董は江戸後期の人。この「雪どけ」は、屋根の雪がとけ、庇《ひさし》をつたいポタポタと落ちる音のようです。うつらうつらしながら、聞くともなく聞いている、そんな「雪どけ」でしょう。

そんな身近な雪解けから、高い山々の雪がとけ、川に流れ出る、そんな勇壮な雪解けもあります。

以下は私が体験した激しい「雪解川」の様子です。しばしば訪れている福島県の只《ただ》見《み》（南会津郡）でのこと、折から只見川の雪解けを目の当たりにしてその激しい勢いに、まず驚きました。次から次から、飛び跳ねるような水勢が下流に流れてゆくのです。

ときに山の木を呑《の》みこんで運んでゆきます。ここで暮らしている人たちには、毎年のことなのですが、はじめて目にした私は驚きました。やがて流れがおだやかになる時期に、雪解水が運んできた倒木が川原に打ち寄せられます。かつてはこの流木が冬のいい焚《た》き木になったとのことでした。

西日本のおだやかな気候のところで暮らしている私にとって、いままでに見たことのないような雪解川の見ていて飽かぬ光景でした。その様子を、

源流は虎とぶように雪解川　　喜代子

という句にしました。はげしく飛びあがるような水の塊《かたまり》が生きものに見え、この川の源流には虎がいるのではないかと空想をたくましくして出来た一句でした。

それから何年かして、しばしば行っていた中国雲南《うんなん》省で、昆明《こんめい》住まいの友人と揚子《ようす》江《こう》の源流に行ってみようということになり、かなりの覚悟で出向きました。行けども行けども辿《たど》り着かないような奥地の峡谷でしたが、着いたところは、話し声など聞こえないような雪解けの水音で、くらくらするようなところでした。前後を現地の屈強な青年にエスコートしてもらい、岩をつたって崖を降りてゆき覗《のぞ》き込みましたが、その水勢の激しさにまたしても息を呑みました。

さらに驚いたのは、そこの地名が虎跳峡《こちょうきょう》だったということです。私が只見川の雪解けを「虎が跳ぶ」と見たのと同じように、中国の昔むかしのだれかがこの雪解川に「虎跳」と命名していたのです。

これには降参と思い、せっかくの句だったのですが句集には入れず、句帳にとどめておきました。

つまり山の雪が解けるとは激しい流れの現象をもたらすということです。激しい雪解けでよく知られた句に、

雪解川名山けづる響《ひびき》かな　前田普羅《まえだふら》

風に聞く雪解山河の慟哭《どうこく》を　相馬遷子《そうませんし》

などがあります。響、慟哭など、どうどうという音が聞こえます。

音をともなうこんな激しい雪解川もあれば、村の雪や野の雪がいつしか消えるおだやかな雪解けもあります。その代表は、なんといってもこの句でしょう。一茶《いっさ》の代表句ともいえる句です。

雪とけて村一ぱいの子どもかな　一茶

雪の日には思いっきり外で遊ぶことができなかった子どもたちが、待ってましたとばかりに雪解けの戸外に出てきたのです。家の中での日々に鬱屈《うっくつ》していた子どもたちが、久々に出会えた友達との出会いのよろこびに沸きたっている様子がうかがえます。幾人いたのか、一茶には「村一ぱい」の子どもたちに見えたのです。

光堂《ひかりどう》より一筋の雪解水　有馬朗人《ありまあきと》

水の躍《おど》る音や、雪が解けて何かに触れる音、子どものはしゃぐ声、これらがまったくない静謐《せいひつ》な雪解けです。平泉中尊寺《ひらいずみちゅうそんじ》の金色堂《こんじきどう》でしょうか。雪解けの細い流れが静かに線をなしているようです。光堂という名づけが金色を連想させますが、この「一筋の雪解水」は銀色に光っているように見えます。

周囲の山の雪が解けだすのとおなじように、自宅の回りに二、三日前に降った雪が解ける、そんな暮らしのなかの雪解けもあります。当節はほとんどの道が舗装されていますので、道がぬかるみ履物を汚してしまう厄介な雪解けを体験することは少なくなりましたが、そうでない場合「雪解道」というよりは「春泥《しゅんでい》」ととらえたほうがいいような泥んこ道になります。

雪は少なくなりましたが、それでも冬は雪の季節です。これが地底の水甕《みずがめ》に貯えられ、一部は貴重な水源になり、一部は解けて流れ海に至るという循環を繰り返します。

地球温暖化が問題視されているいま、この循環が狂わぬようにと思うばかりです。

一瞬が一瞬を追う雪解川　　喜代子

蜆《しじみ》さざめく朝餉《あさげ》

「しじみ」は、日本の湖沼、川、河口などの砂地に棲《す》む小さな二枚貝の総称です。河口や潟《かた》に棲む汽水性種と、河川に棲む淡水性種があります。東南アジアやインドなどにも分布しているそうですが、私たちになじみの深いのは、日本産の、セタシジミ・マシジミ・ヤマトシジミの三種です。

むき蜆石山のさくら散りにけり　蕪村《ぶそん》

辛崎《からさき》の朧《おぼろ》問はばや蜆売　樗堂《ちょどう》

石山も辛崎も琵琶《びわ》湖周辺の地名であるところから、このシジミは琵琶湖やその水系の固有種であるセタシジミだとわかります。漢字にすれば瀬田蜆です。

石山のさくらが散る春もたけなわのころ、蕪村は湖でとれた旬の蜆の剝《む》き身を食べています。自分で箸《はし》から殻をはずした剝き身なのか、だれかが剝いてくれたものか、いずれにせよ一年でもっともおいしい時期の蜆です。

樗堂のところへ来た蜆売の蜆もセタシジミです。かつては琵琶湖固有種であったセタシジミも、いまでは河口《かわぐち》湖や山中《やまなか》湖などに移入され、繁殖しているとのことです。

蜆舟国引《くにひき》のこの湖に　阿波野青畝《あわのせいほ》

この句のシジミは国引伝説の残る出雲《いずも》地方、宍道《しんじ》湖のヤマトシジミでしょう。このヤマトシジミは、少し塩分のある水域にも棲息《せいそく》するのだそうです。『滑稽雑談《こっけいぞうだん》』（一七一三年）に「和産また海水のもの、江湖のものはべる。江州《ごうしゅう》湖水のもの、上品なり。春月より初夏のころまで、ことに嘉味とす。梳連《じょれん》といふ物をもつて攪《か》き挙ぐるなり。その貝甲、縮むがごとし。故に和名しじみと称す」と解説されています。ここでは琵琶湖のものが珍重されていますが、一般に親しまれてきたのは特別なところの産物ではなく、町村を流れる普通の川の砂底に棲むマシジミです。たとえば、次の句の「裏の川」のものです。

あたゝかや蜆ふえたる裏の川　高浜虚子《たかはまきょし》

どこにでもある「裏の川」でとれる蜆、昔の人たちはこれを汁の具にしたのです。大がかりな漁では鋤簾《じょれん》で水底の貝をおおきく掬《すく》いますが、裏の川などではせいぜい熊手と十本の手の指で掻《か》き取ります。これをよく洗い、しばし水に浸し砂出しをします。

すり鉢に薄紫の蜆かな　正岡子規《まさおかしき》

水替へてひと日蜆を飼ふごとし　大石悦子《おおいしえつこ》

前句は正岡家の台所の様子の一端です。現在のキッチンではあまり大事にされていない「すり鉢」も、かつてはどこの家の台所にもありました。この日、たまたま使っていなかったすり鉢を利用して蜆を入れておいた、という句です。そんな蜆の水を替えながら「まるで飼っているみたい」と思っているのが大石悦子の句です。どちらもどこのお宅でもありそうで、親しみを感じさせます。

かたかたと木橋渡れば蜆村　成田千空《なりたせんくう》

大阪の北新地《きたしんち》という繁華街の入口に「ここが江戸時代のしじみ川でした」ということを知らせる標があります。かつての遊郭《ゆうかく》の側を流れる川の名がしじみ川だったのです。ここは紙屋治兵衛《かみやじへえ》と遊女小春《こはる》の悲恋でおなじみの近松門左衛門《ちかまつもんざえもん》の浄瑠璃《じょうるり》「心中天《しんじゅうてんの》網島《あみしま》」の舞台になったところとして有名になりました。すぐ隣は遊郭だったのですが、古地図には、石積みの両岸、河畔の柳、木の橋などが描かれており、いかにも蜆が棲んでいそうです。かつてはそんな川が町中にも村中にも流れていたのでしょう。

蜆掘りは子どものころの楽しみでした。春の小川にジャボジャボと入って少し掘るとそこそこの量の蜆がとれました。中学生時代に級友が黄疸《おうだん》だと聞き、クラスメート幾人かで蜆をとってお見舞いに持参したこともありました。思うに、当時の小川はきれいだったのです。誰もが大人から聞かされていたのが「蜆は肝臓疾患の特効薬」だということでした。私も四年生のとき「この子の目は少し黄色だ」という祖母の見立てで明け暮れ蜆汁を飲まされたことがありましたが、ほんとうにどこか悪かったのやら、どうだったのやら、敗戦直後のことでした。蜆が肝臓の機能を高めるという話は、この種の民間療法としてはかなり普及していたようです。

寒中の紫蜆寸志とす

成田千空

旬のものとしておいしいのは春ということで、「蜆」は春の季語となっていますが、「寒蜆」も冬の季語として歳時記に入っています。いまだ寒中で春の蜆ほどの風味はありませんが、どうぞ召し上がってください、そんな寒中の蜆です。蜆の蝶番《ちょうつがい》のあたりの紫に意をとどめて、「紫蜆」と表現したところに、贈り物の気分がよく出ています。

寒蜆その粒粒を食べつくす　矢《や》島《じま》昭《あき》子《こ》

蜆は蛤《はまぐり》や浅蜊《あさり》にくらべて小さく、お椀《わん》のなかの貝から身を取り出して一粒一粒食べるのは面倒です。寒の蜆はまだ小さく、ことに面倒です。まさに「つぶつぶ」なのですが、先の細い箸を使う作法の国ならではのものといえそうです。
古来日本人が食べなれてきた蜆です。「粒粒」を食べるのは厄介ですが、これからも大事にしたい貝です。

むらさきの蜆さざめく朝餉《あさげ》かな　喜代子

節分《せつぶん》

四季という季節を分けているのが「節分」です。どの季節にもあるのですが、特に際立っているのが立春の前日です。この日、除災招福をねがって「豆撒《ま》き」をしますが、そもそもは古代中国に伝わる悪疫を払う「追儺《ついな》」の風習が形をかえて定着したものです。「節分」は歳時記の冬の時候季語、「豆撒き」は生活（人事）季語となっております。

節分の夜、部屋ごとに、また戸を開け放って「鬼は外　福は内」という唱え言葉で炒《い》り豆を撒きます。かつては道路の四辻《よつつじ》にも撒いたものです。こうして東西南北あらゆる方位からの鬼を退散させるのですが、社寺などでは鬼に扮《ふん》した人が、マイッタという態《てい》で逃げてゆく場をつくったり、幼稚園などでは鬼のお面の園長先生がイタイヨォと背を丸くしたりして子どもを喜ばせたりする行事になっています。鬼を打った豆を拾い、年の数だけ食べるという風習もあります。

節分のこの鬼は「春を呼ぶ鬼」として親しまれておりますが、地域によっては「福は内　鬼は内」と鬼も招き入れるところもあるそうです。さあ、いよいよ春です。

三月

仲春

啓蟄から春分のころ

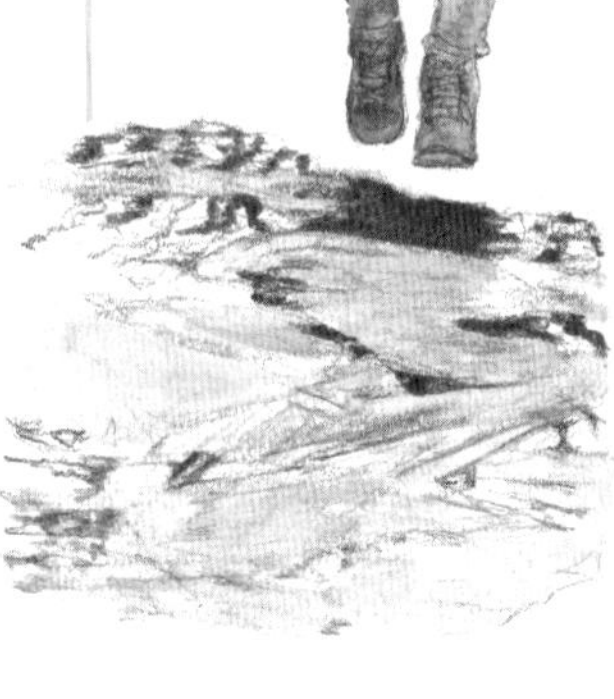

薄《うすら》氷《い》の動き

歳時記を手にすることがなければ知り得なかったと思われる言葉の一つが「薄氷」、これを「うすらい」と読むということです。「うすらい」と声にして読みますが、これは字の意味からするなら「うすら・ひ」でしょう。『改正月《げつ》令《れい》博《はく》物《ぶつ》筌《せん》』（一八〇八年）という江戸時代の書物に「氷の和訓を昔は〈ひ〉といへり。後に〈こほり〉と三字に呼ぶことになりたり」とあります。いずれにせよ、繊細な語感をもった言葉です。「薄氷」を声にして読む場合、句によって「うすらい」と読んだり「うすごおり」と読んだり使い分けます。

さて、私には、「薄氷」でかならず思い出す句が二句あります。

薄氷の吹かれて端の重なれり

深見《ふかみ》けん二《じ》

指一つにて薄氷の池うごく

後藤《ごとう》比奈夫《ひなお》

です。二句とも「うすらい」と読みます。どちらも薄氷の実物の「ありよう」がまことにいきいきととらえられており、薄氷のかもす情趣がよく伝わる句です。どちらの句の薄氷もなにかの力で動いています。それゆえに、句がいきいきとしてわが記憶の襞《ひだ》に入り込んでいるのでしょう。

　早春、池や水溜《たま》りなどの面が薄い氷で覆われるのを見かけます。ガラス窓のガラスのように薄くて透明です。日差しが強くなればたちまち溶けてしまうような薄い氷、強い風が吹いても揺らぐような、指でちょっと押してもゆらゆらするような、そんなはかない氷です。

　深見けん二の句はそんな氷が割れてゆらりと動き、その端が重なり合っているところに目をとめた句です。それだけで氷の薄さが伝わります。洗練された写生句といえる句です。

　後藤比奈夫の句も「指一つ」という表現だけで薄氷というものの正体を言い表しています。力も加えずに指でちょっと押したところ、水面の氷がすーっと動いた、その瞬間に池全体が動いたように感じたのです。

火事跡に二三日張る薄氷《うすごおり》　田《た》中《なか》気《き》骨《こつ》

火事の際の消防の水がそのまま火事跡にできた地の凹《へこ》みにたまり、そのまま凍ってしまったのです。この氷は動かぬままで二三日がたってしまいました。

動く氷、動かぬ氷。こんな薄氷の動き、目にしたことあるある、そうお思いの方は多いのではないかと思います。寒さの残る春先、わが家の廊下の先の手水鉢《ちょうずばち》も薄氷に覆われます。雨戸を繰りながら、ついつい突いてみたくなるから不思議です。かならず指で突いてみます。するとまっすぐ線が走り、すぐ割れてしまいます。薄氷はなぜかそんな子どもっぽい誘惑を誘うのです。

薄氷踏むうれしさは何に似る　金《かな》尾《お》梅《うめ》の門《かど》

この「うれしさ」は、一つに好奇心、一つに冬の氷にはない春へ近づく開放された気分でしょう。たとえば、

たくましき樋《ひ》の蓋《ふた》とづる氷かな　来山《らいざん》

のような「たくましき」氷には、この「うれしさ」の気分は通わないでしょう。
この薄さ、たよりなさ、危なっかしさが、

戦戦兢兢《せんせんきょうきょう》　如臨深淵《しんえんにのぞむごとく》　如履薄氷《はくひょうをふむがごとし》

という語句となっていまに残っています。古代中国の書物『詩経《しきょう》』にある言葉ですが、きわめて危険な場合に臨むことの喩《たと》えとして残っている言葉です。これが俗に「薄氷を踏む思いだったよ」などと、ヒヤヒヤする際の気持ちを伝える言葉となり、ごく普通の言葉として使われています。この読み方は「はくひょう」です。

江戸期の古い歳時記では「薄氷」は晩冬の季語として、冬の十月または十一月に入集されています。これが春の部に移ったのは明治期だとのこと。とはいえ、昭和八年刊行の『俳諧《はいかい》歳時記』（改造社）ではいまだ冬の部で、「氷」の傍題に入っています。薄氷も厚氷もまとめて「氷」だったのです。昭和九年の高浜虚子《たかはまきょし》編の『新歳時記』では季節も冬から春に移され、「二月」に「薄氷」として採用されています。「薄」に「うすら」、「氷」に「ひ」とルビがふってあります。それまで主季語であった「春の氷」が「薄氷」の傍題に置かれています。

いまや、「薄氷」は早春の季語として定着しました。虚子の『新歳時記』以後、どの歳時記も「春」の部に採用しています。句作の場では、いつしか「春の氷」と「薄氷」とは微妙に区別して使われるようになっています。歳時記によってははっきりと分けてそれぞれを独立季語にしているものもあります。

それでいて多くの歳時記の「薄氷」の説明は、たとえば俳諧時代の歳時記の一つ『山《やま》の井《い》』（一六四八年）の「春の氷」の、「春の氷は　日足にけやぶられ　風の手につきながさるる心ばへ　またとくるとも、隙などもいへり」と同じなのです。

道路の窪《くぼ》みや、公園の水溜りなどにできた「薄氷」は、傘の先で突いてみたり、つま先で踏んでみたりしたくなる童心をそそのかす魅力にあふれています。早春の光を受けた薄氷の綺羅《きら》は極上の輝きを放っており、やはり「薄氷」は季語としては春、それも早春だなと思います。

ここになら住んでよさそう薄氷　　喜代子

彼岸《ひがん》

春分または秋分を「中日《ちゅうにち》」とした前後の七日間が彼岸です。春と秋にありますが、俳句で「彼岸」といえば春の彼岸のこと、秋の彼岸は「秋彼岸」と呼んでいます。春彼岸とはいわないのです。同様に「遍路」は春、秋の遍路は「秋遍路」です。歳時記ならではの約束事です。

彼岸に入る日が「彼岸の入り」「入彼岸」。もともと彼岸は凡俗の此岸《しがん》から悟りの境地の彼岸に至るという仏教に由縁する言葉で、寺では仏事が行われます。先祖の墓参りやお詣りの人で賑《にぎ》わう寺を彼岸寺といいます。

毎年よ彼岸の入に寒いのは　正岡子規《まさおかしき》

正岡子規の母上の独り言を子規がそのまま書き留めた句として有名です。俗に「暑さ寒さも彼岸まで」といいますが、春の彼岸は三月二十日ごろになり、地域によってはまだ寒く、気温が定まりません。まるで儀式のように彼岸の入りにこの句を口遊《くちずさ》みますが、「毎年よ」に実感があります。

当節では「春分の日」が国民の祝日になっていますので、格好の行楽日となっています。

うつらうつら

寒かった冬が去り、日差しも風も春らしくなってきますと、硬くなっていた手足もやわらかくなってくるような気分になってきます。あたりの草木ものびのびと芽吹きをはじめ、耳には囀《さえず》りがあふれるように聞こえてきます。

七色の囀りの音《ね》に起きいづる　渡辺桂子《わたなべけいこ》

あまりにも賑やかな囀りに、目が覚め起きて出てきたという句です。どんな鳥が啼《な》いているのか、まるで合唱しているような「七色の囀り」です。

そんな目覚ましのような囀りを寝床のなかで聞くともなく聞いていて、目が覚めるでもなく寝入るでもなくうつらうつらとしている、このうつらうつらがまさしく「春眠」です。

よく知られた唐《とう》代の孟浩然《もうこうねん(ぜん)》の五言絶句「春暁《しゅんぎょう》」に、

春眠《しゅんみん》暁《あかつき》を覚《おぼ》えず　処処啼鳥《しょしょていちょう》を聞《き》く
夜来風雨《やらいふうう》の声《こえ》　花《はな》落つること多少《たしょう》なることを知《し》らんや

があります。「春の眠りの心地よさに夜の明けるのにも気づかず、うつらうつらしていると、あちこちに鳥の鳴き声が聞こえる。はて、昨夜風雨の音が聞こえていたが、花はどれほど散っただろう」という詩です。季語の「春眠」はこの詩によってできたものだといわれていますが、歳時記によっては朝のうつらうつらとは限らず、昼間も夜間も、とにかく「春は眠いのだ」と解説しているものもあります。

春眠の身の閂《かんぬき》を皆外し　上野《うえの》　泰《やすし》

身心のゆるみを、身体のすべての閂をみな外したという喩《たと》えで表現したこの句、春ならではのうつらうつらです。起きようと思っても、起きなくてもいいや、そう思ってしまうのです。

この「うつらうつら」という感覚にはえも言えぬ心地よさがあり、その身体感覚を、

金の輪の春の眠りにはひりけり　高浜虚子《たかはまきょし》

春眠といふ深海にただよへり　鷹羽狩行《たかはしゅぎょう》

と「金の輪」に入ってゆく、「深海」にただようと譬《たと》えたユニークな句もあります。

眠りは季節によって異なるものらしく、『角川大歳時記』の季語解説によると、冬

期には活動が鈍くなり睡眠時間も長くなるとのこと。なんだか冬眠をする動物と同じようなところがあるようです。ところが春になると身心が活発になり、冬にくらべて夜明けがはやくなることから早く目が覚める、したがって睡眠時間が短くなるのだそうです。

この本来の睡眠時間が短くなるところに、快適な睡眠環境、たとえば暑くもない寒くもないという寝室の気温、適当なお蒲《ふ》団《とん》、静けさ、などなどが整えば、うつらうつら状態になってゆくとのこと、これが「春眠」です。

春《しゅん》睡《すい》のうつつに江《え》上《がみ》トミの声　富《とみ》安《やす》風《ふう》生《せい》

私の好きな句です。「春睡」は「春眠」と同意です。大好きな句ですが、「江上トミの声」のわからぬ方にはなんのことかわからないでしょう。

NHKの「きょうの料理」という番組がテレビで始まったのが一九五七年、今も番組は続いています。弾むようなテーマ音楽も昔と同じです。その草創期の料理指導をしていた講師が江上トミさん。ふくよかなゆっくりした声に特徴があり、今も私の耳底に残っています。

うつらうつらと気持ちのいい富安風生の「春睡」の時間、半分覚めたような「うつつ」にあの声が届いている、ああ、あの番組だなと半睡半覚の意識が聞いている、まさに「春眠」状態です。

わがままの中の最も大朝寝《おおあさね》　富安風生

「朝寝」も春の季語です。「春眠」にもっとも近い季語といえるでしょう。朝寝をわがままと感じているところ、いかにも勤勉な仕事人らしい句です。予定のない日の大朝寝、たしかに「わがままの中の最も」といいたくなる贅沢《ぜいたく》です。

朝寝せり孟浩然を始祖として　水原秋櫻子《みずはらしゅうおうし》

やはり季語の「朝寝」も「春眠」もその基は孟浩然の詩だということの証明のような句です。あの孟浩然さんですら「朝寝」をしておられる、ということで「朝寝せり」を納得しているようです。

春眠の覚めつゝありて雨の音　星野立子《ほしのたつこ》

とろとろしながら「雨の音」を聞いている、この感じよくわかります。私は若いころからお寝坊で、いまも早起きは苦手です。ところが雨の音が耳に入ると、寝坊していることに罪悪感を感ずることなく、悠々《ゆうゆう》と寝入ってしまうのです。たぶん、農耕の民の遺伝子が、今日は「雨休みだ。ゆっくりお休み」と告げてくれているように思うからでしょう。朝寝や春眠にいささか罪悪感を感じるのは、晴れているかぎり田の仕事は夜明けとともに起き星の出るまで働く、こうした農耕民の常の尾を曳《ひ》いているからでしょうか。

　春のあたたかさが増す三月、四月。早起き派も孟浩然を始祖とした春眠、朝寝、これを愉《たの》しみましょうよ。

山宿の雨や春眠したたかに　喜代子

春耕《しゅんこう》

本来は春になり田を耕すことをいう言葉でしたが、いまでは作物のための畑を耕すことにも「春耕」を使っております。

まだ風も冷たく、遠嶺には残雪が見える早春、雪のとけた田畑を鋤《す》き返します。「たがやし」は「たがえし」、田の土を返す「田返し」だといわれています。多くの歳時記では、春を省いて「耕《たがやし》」のみで立項されています。

千年の昔のごとく耕せり　富安風生

春に田を耕して水田をつくり、夏に田植えをすませ、秋に収穫をする、私たちの先祖は千年以上も昔から年ごとにこの作業を繰り返してきました。変わったのは「耕」に使う道具です。板や木で作った鍬《くわ》、鉄の鍬、やがて人力に牛や馬の力が加わり、そして現在の耕耘機《こううんき》です。田んぼから牛耕馬耕の景が見られなくなったのが昭和四十年ころだったでしょうか。効率のいい農機具が次々に生まれ、いい肥料ができ、それまでの腰を屈《かが》めて這《は》うようにしてこなしていた農作業が見られなくなりました。

それでも春になって「耕」を始めることは今も昔も同じです。

草餅《くさもち》の日々

「草餅」「鶯《うぐいす》餅」「桜餅」などは、どれもが春ならではの表情を備えた素朴な餅菓子です。草餅の草は、早春の野に草の緑が芽を出したよろこびを感じさせ、鶯餅の鶯は、「ホーホケキョ」と鳴く春告鳥《はるつげどり》の面目を思い出させます。桜の葉にくるまれた薄紅色の桜餅の色が、私たちの気持ちをそここに咲く桜に誘うように、昔から好まれてきたこれらには、名づけそのものに素朴な春がみちみちています。

街の雨鶯餅がもう出たか　富安風生

わが妻に永き青春桜餅　沢木欣一《さわききんいち》

など、当節の凝ったスイーツにはない味わいがあります。これらをよりおいしく食べるには、ともにいただくお茶を吟味することでしょうが、蓬《よもぎ》の香りや塩漬けにした桜の葉の風味、餡《あん》の甘さ、これらを引き立てるお茶であれば、さほどに上等なものでなくても、そこそこの煎茶《せんちゃ》や番茶で十分だと思います。

だれかが傍にいたのか、独白なのか、富安風生の「もう」が、思いもかけず鶯餅を見つけた際の気分を盛り上げています。餡をくるんだ柔らかい餅に青黄な粉をまぶし、端をちょっとつまんで尖らせるだけで鶯のように見えるのですから愉快です。私には感動を思わず呟《つぶや》きにのせた自分への呼びかけ、つまり独白であるように思われます。

沢木欣一の句の桜餅も、妻のこころの若やぎをよく引き立ててくれています。

これらの餅菓子と並んで春の香りを届けてくれるのが蓬の色香を盛り込んだ「草餅」です。これらのほか、蕨《わらび》の根の澱粉《でんぷん》とうるち米の粉で作る「蕨餅」は、黄な粉や黒蜜《くろみつ》をかけてツルリとした食感を楽しみます。厚めで大ぶりな椿《つばき》の葉で挟む「椿餅」、雛祭《ひなまつり》の日に食べる「菱《ひし》餅」など、春の「おいしい和菓子」は春の野のものをうまく用いて味覚だけでない味を楽しむ、草餅はそんな和菓子の代表といえるでしょう。

古くは、餅に小さく刻んだ蓬の葉を搗《つ》き込んだものが多かったのですが、上新粉《じょうしんこ》と白玉粉を練って蒸すか熱湯で茹《ゆ》でるかしたものに刻んだ蓬を混ぜた生地で餡を包む作り方もあります。いずれにしても、蓬の草色とその香りが春ならではの魅力を放つ和菓子です。

草餅のすこし届きし志《こころざし》　川端茅舎《かわばたぼうしゃ》

草餅のやはらかしとて涙ぐみ　同

たらちねのつまめばゆがむ草の餅　　同

今年はやこの草餅をむざとたべ　　同

川端茅舎は、〈金剛の露ひとつぶや石の上〉〈朴散華《ほおさんげ》即ちしれぬ行方かな〉のような、現実から抜け出た世界を書き得た俳人として評価されただけに、「草餅」という平俗な餅菓子に涙ぐむという句がひとしおに愛おしく思われてくるのです。この思いこそが草餅という素朴な食べ物の魅力かもしれません。

おらが世やそこらの草も餅になる　　一茶《いっさ》

この「草餅」の草は、春、そこここに芽を出す蓬です。まさしく「そこらの草」というにふさわしく、早春の野原、川土手、田の畦《あぜ》、道端など、どこにでも生えています。菊の葉に似た葉の裏が白い綿毛で覆われており、干した葉の綿毛が灸《きゅう》の艾《もぐさ》になることでも知られています。

もとより薬草として知られた草で、かつては虫下《くだ》し（回虫駆除）の効果があるといわれていました。

歳時記の例句を読んでいて、諸氏の句のどれもが、かつて私が見たことがある「草餅」の句であることに少々驚きました。つまりわが体験に重なる句ばかりなのです。いくつかを抜いてみましょう。

ひざまづき蓬の中に摘《つ》みにけり　高野素十《たかのすじゅう》

俎《まないた》の蓬を刻みたるみどり　山口誓子《やまぐちせいし》

搗きあげて湯気もみどりの蓬餅　木内彰志《きうちしょうし》

草餅の濃きも淡きも母つくる　山口青邨《やまぐちせいそん》

てのひらに昔がありぬ草の餅　村越化石《むらこしかせき》

一句目。摘草をした人であれば「そうだ」とお思いになるでしょう。春の蓬は低いところに這《は》うように葉を出しますので、おのずと「ひざまづく」姿になるのです。

二句目。摘んだ蓬の砂や泥を落として水洗いします。たっぷりの熱湯に塩と重曹《じゅうそう》を少し入れて色よく茹で、水にさらします。水気を切って細かく刻み、よく絞って餅に搗き込みます。

三句目。臼《うす》で搗いて蓬が餅全体にゆきとどいたとき、搗き上がったばかりの餅の色の鮮やかさを「湯気もみどりの」と表現した句です。

四句目。蓬の量の多い少ないで餅の色に濃淡が生じます。これが菓子舗の商品であれば、常時、同じ色であるようにきまったレシピがあるのでしょうが、なにしろお母さんの手作りです。濃くできたり、淡かったり、どうも定まりません。

草餅にふさわしい蓬を摘む時期はそう長くはありません。見つけたらたくさん採っておき、茹でて水にさらしたものをよく絞ってラップに包み、冷凍保存をしておけば、春の間に二度三度利用できます。冷凍という手立てがなかったころには天日で乾燥させ、これを戻して使っていました。

さて村越化石の五句目。できあがった「草餅」を手にとったときの感慨です。ふるさとの土手の蓬。それを摘んだ日のこと。母親のことなどが手の上の「草餅」からじわじわと思い出されます。

美しい今風のスイーツもいいのですが、たまには野の匂いのする「草餅」をいただいてみるのもいいのではないでしょうか。

ゆつくりと暮るる一期《いちご》や草の餅　喜代子

くらしの季語

古巣《ふるす》

雛《ひな》が育ち、巣立ったのちの巣が古巣です。多くの鳥は一年ごとに巣をつくり、同じものを来年も使うということをしないのです。

もう十年くらい前のこと、なんの鳥なのかはわからないのですが、句友が句会の席に風呂敷に包んだおおきな古巣を持ち込んだことがありました。

長短大小の小枝を縦横斜めに組んで中に円型の窪《くぼ》みをつくり、幅十センチくらいの縁でぐるりと囲んだ巣でした。そこで驚いたのは、巣の直径のどこを計っても三十五センチの円形で、まるでデザイナーがコンパスで円を書き、それに基づいて小枝を組み合わせたのではないかと思われるほどの完成品だったことです。

鳥は目分量でこれをつくったのか、それも小枝の一本一本を嘴《くちばし》に銜《くわ》えて運んできたのか、それにしてもどの部分からつくりはじめたのだろうかと、鳥の能力にみんなで感服の声をあげました。

学校の建築工学の教室で学び、計算機や工具をもちいてエッサエッサと住まいをつくるわれら人間が非力に思えてなりませんでした。しかも鳥はその巣を子育ての一年しか使わないのです。なんとも勿体《もったい》ないことです。

四月 晩春

清明から穀雨のころ

春はあけぼの

いつのころからか、「春の曙《あけぼの》」と「秋の夕暮」は日本人の美意識の象徴として、詩歌や物語に定着してきました。「春の曙」といえば、きまって思い出されるのが『枕《まくらの》草子《そうし》』第一段の冒頭です。

春はあけぼの。やうやう白くなりゆく、山ぎはすこしあかりて、紫だちたる雲の細くたなびきたる。

まことに簡潔な文章です。東の空がうすらと白みはじめ、暗い空の山際あたりがほのかに明るくなり、紫がかった雲がたなびいている。まだお日様が見えるまでにはすこし時間がある。この時間帯こそがいい、というのです。

学生時代に、この「はるはあけぼの」という流れるような書き出しに惹《ひ》かれて、では夏は何なの、秋は、冬は、と興味をつのらせてついに『枕草子』一巻を読み通したという思い出があります。

ちなみに「夏は夜。月のころはさらなり、闇《やみ》もなほ、蛍《ほたる》のおほく飛びちがひたる、また、ただ一つ二つなど、ほのかにうち光りて行くもをかし。雨など降るもをかし」。

「秋は夕ぐれ。夕日のさして山のはいと近うなりたるに、烏《からす》の寝どころへ行くとて、三つ四つ、二つ三つなど飛びいそぐさへあはれなり。まいて雁《かり》などの列《つら》ねたるが、いと小さく見ゆるはいとをかし。日入りはてて、風のおと虫の音など、はたいふべきにあらず」。

「冬はつとめて。雪の降りたるはいふべきにもあらず、霜のいと白きも、またさらでもいと寒きに、火などいそぎおこして、炭もてわたるもいとつきづきし。昼になりて、ぬるくゆるびもていけば、火《ひ》桶《おけ》の火も白き灰がちになりてわろし」。

右は『枕草子』第一段の全文です。長い引用に思われますが、四季それぞれの一日のうちのもっとも好ましい時分を、かくも短い文章で言い終えたことに、ただただ感服させられます。「春はあけぼのがよろしい」という叙述を省き、「春はあけぼの」だけで言い果せた簡潔な表現のよろしさで、ここのところは俳句に重なるところです。

「春はあけぼの」とおなじく「冬はつとめて」と夜明けのよさが書かれています。「つとめて」は早朝の意ですが、「あけぼの」という「ほのぼのと夜が明ける」やわらかい感じとはやや異なります。もし「春はあかつき」「春はつとめて」であれば、『枕草子』開巻第一声の魅力は半減していたかもしれません。また「冬はあけぼの」では、冬の夜明けのきりっとした感じは消えます。

清少納言《せいしょうなごん》が、春、目にしている山と同じ山を秋にみますと、山の稜線《りょうせん》がはっきりしてきたことに気づきます。この山を背景に烏が塒《ねぐら》に帰ってゆくという近景、おなじくはるか向こうの空を雁が飛ぶという遠景、いずれも大夕焼を舞台にしています。秋の山には、春のぼんやりした景がないのです。

多くの歳時記では、主季語を「春暁」としてその副題に「春の暁《あかつき》」「春の曙」「春の夜明け」などを置いています。

古くは「暁」はまだ夜につづく時間だとされていたとのことですが、現在では夜明けにつづく言葉として用いられています。おなじ午前五時でも冬と夏とでは大違いです。夏だと戸外の仕事や農作業などができますが、冬の作業にはまだ灯りが必要です。「春暁」を「はる・あかつき」と訓読するか、「しゅんぎょう」と読むか、これも大事なことです。

海と空まだ春暁をわかつなし　水《みず》原《はら》秋《しゅう》櫻《おう》子《し》

まだ明けきっていない浜辺でしょうか。白みはじめで、いまだはっきり明けていない時間です。いまだ水平線がはっきりしない、混《こん》沌《とん》とした景でしょう。

春暁のあまたの瀬音村を出づ　飯《いい》田《だ》龍《りゅう》太《た》

冬季、川水は少なくなりますが、春になると村の川は雪《ゆき》解《げ》水《みず》でふくらみ、瀬音も高くなります。夜明けを前につよくなった瀬音を耳にしながら、いずれ大川に入り、海へゆく、そんな水の行方におもいを馳《は》せている句です。

四月は暦では晩春に当たり、二十四節気の「清明」と「穀雨」が該当します。「清明」は大気が清らかに澄む時期をあらわし、「穀雨」は春の雨が穀物の芽を潤すという時期をあらわしており、種まきの好季とされています。このころになりますと、日中の時間が長くなります。まだ春になりきっていない冬のおわりに「日《ひ》脚《あし》伸ぶ」と感じていた夜明けから日没までの時間が、まさしく「畳の目一つずつ」伸びてゆくのがわかります。

『俳句歳時記』（角川書店）に付された二十四節気表によりますと、「立春」の東京の昼の時間は約十時間三十三分、それが「穀雨」時になりますと、約十三時間十六分。すでに二時間半近く「日永《ひなが》」になっているのです。それだけ「春暁」と呼ばれる夜明けが早くなっているということです。

裏山といふ語なつかし日脚伸ぶ　中村苑子《なかむらそのこ》

この国に慣れしパンダの日永かな　西村和子《にしむらかずこ》

春の一日を統《す》べる「春暁」にはなんとなく明るい一日が予感されます。朝まだきの春の空を見ますと、清少納言だけでなく、私たちの先祖たちもこの空を見てきたのだというおもいと、日々新たなりの感慨《かんがい》がともに身心から湧《わ》きたってきます。

のそのそと春あけぼのの象の耳　喜代子

「始末」という言葉

このセーターもう要らない、この本もう読むことない、と不要とおぼしきあれやこれやを部屋の片隅に積み重ねるのですが、いよいよ捨てようとなると、いや、これまだ何かのときに着るかも、この本また読みたくなるかも、そんな考えがブレーキとなり、当節はやりの「断捨離《だんしゃり》」とか余計なものは「捨てましょう」をやってみようという気分が萎《な》えてしまうのです。たぶんこの先、ぜったいに着ることはないとわかっていても、二度と読むことはないとわかっていても捨てられないのです。

たぶん、これは理屈ではなく、私の幼児時代、少女時代、娘時代、つまり昭和初期から消費社会までの当たり前であった「捨てない」「モノの冥利《みょうり》が尽きるまで使う」という暮らしのなかに育まれた教えがわが身心の奥のほうに棲《す》みついているからなのでしょう。モノを捨てずにそれなりに最後まで活用することをわかりやすく伝えるための言葉に「始末」「始末のいい暮らし」がありました。使い捨て何々が出回っている今、これも理解されない言葉の一つになってしまいました。

使い捨て文化が栄えるやがて葬式もしない時が来る

宮崎信義《みやざきのぶよし》

たまたま手にした『現代短歌集成』で目にした一首、平成八年の歌です。「捨てない」昭和から、「使い捨て」も「文化」であり、それが「栄え」ているという平成。人間の生も使い捨て同様に軽く扱われるという世情を詠《よ》んだ歌です。

私は昭和十年の生まれ。幼児期に父は日中戦争に出征、この戦争が太平洋戦争に発展し、子どもたちは学童疎開などを余儀なくされました。私も小学校四年生で機銃掃射、焼《しょう》夷《い》弾《だん》による空爆など、金輪際《こんりんざい》のこわい目にあいました。家屋は焼失。物資不足に食糧難。昭和二十年八月十五日に価値観を一変させた敗戦を迎え、それにつづく戦後です。ただ、さらに怖いおもいをされた広島・長崎の原爆、お父さんの戦死、保護者をなくした浮浪児、外地からの引揚げ、それと沖縄の方々の浴びた艦砲射撃、地上戦、これらからはまぬがれています。

いま高齢化社会をなしている昭和戦前生まれの大方の方々が、これらのうちのどれかを体験しておられるはずです。もう数年はやく生まれていたら、学徒動員で軍需工場へ配置されていました。

いま、そんなことのあった昭和という六十余年間を振り返ってみて、ひと言で「昭和時代とはいかなる時代であったか」を述べてみろと言われても、ひと言では言い尽くすことはできません。

大雑把にいえば、戦前・戦中・戦後・それ以後、に区分されるでしょう。それぞれの時相応に人の暮らしがあり、時の俳句が残されてきました。

敗戦から七十余年、食うや食わずのかつての暮らしを思えば、その後はまるで王侯貴族さながらの贅沢《ぜいたく》な衣食住に恵まれていますが、そんなことの千倍万倍の贅沢は、その間、日本人が武器をもって人殺しをせずにすんだ、殺されずにすんだ、空爆をうけずに夜が過ごせる、その平穏のなかで、だれもが自由に俳句を作ったり読んだりすることができるということです。

やや残念に思うのは、衣食住を基にした暮らしの場にあって句作を開始した女性たちが台頭してきたのが昭和後半であったということです。作品史に残る秀句を多々残した幾人かの女性たちはいるのですが、昭和戦前、戦中、戦後に、現在のように幅広く、質深く層をなして活躍した女性たち、昭和の厨《くりや》俳句を残す層がいまだ俳句の場に少なかったということです。

昭和戦前、戦中、戦後間もない「始末の時代」に何をどう食べ、何をどう着て、寒暖をどう過ごしたか、これらを生活者の目と感性でとらえた俳句の作者が総体的に少なかったのです。
昭和初期に、主婦を仕事とする女性俳人がたくさんいて、俳句の場で多くの句を残していたら、当時の衣食住はもっともっと多彩に作品化されていただろうと思います。野の草の何が食べられて、何が食べられないか、そんなことなども句になったことでしょう。
さて、「たんぽぽ」は春の代表的な野草です。「蒲公英」と書きます。蒲公英も嫁菜、虎杖《いたどり》、土筆《つくし》などと同じく、食べられる野草の一つです。いつしか日本古来の蒲公英を凌《りょう》駕《が》するようにセイヨウタンポポが増えてきました。いずれも白くて丸い花冠種子をつけます。風が吹いたり、人が吹いたりすると遠くへ飛んでゆきます。

たんぽぽのぽぽと絮毛《わたげ》のたちにけり
加藤楸邨《かとうしゅうそん》

子どものころ、たんぽぽの白くて丸い絮を唇をとがらせてフーッと息を吹きかけ、種を風にのせて遊んだ日のことが思い出されます。

たんぽぽのぽぽのあたりが火事ですよ
坪内稔典《つぼうちねんてん》

こんなたのしい句もあります。

牛死せり片眼は蒲公英に触れて　鈴木《すずき》牛後《ぎゅうご》

作者は北海道で酪農を営んでいる方です。飼育していた牛が死んだ切なさ、悲しさが「悲しい、つらい」などの言葉を用いずによく出ている句です。死んだ牛を牛舎から出して草原に横たえました。牛の眼は開かれたままです。その片目に野の蒲公英が触れている。生きているときにはけっしてなかったことです。牛の死を肯《うべな》うほかない、その現実感が伝わってきます。供花《くげ》のような蒲公英です。

たんぽぽの絮吹くときの目を細め　喜代子

木の芽和《あえ》の楽しみ

木の芽あへ女たのしむこと多き　及川《おいかわ》　貞《てい》

台所仕事の楽しみは、季節と濃密にかかわりながら身を養うという大事を生み出すところにあります。季節の素材と調理、食器と盛付けなど、専門家の凝った高度な技術とはちがう日々の食卓にその楽しみを誘い込む、そんな楽しみです。

たとえば「木の芽和」です。調理法は各家によってことなるのでしょうが、基本としては各歳時記の解説にあるとおり、山椒《さんしょう》の若い芽を擂《す》り混ぜた白味噌《しろみそ》で、茹《ゆ》でた筍《たけのこ》や烏賊《いか》を和えたものです。このとき、筍を賽《さい》の目に切る、うちでは短冊に切る、薄く下味をつけるなど各家の工夫がありますが、このささやかな一品が春を伝えてくれるのは、なんといっても木の芽のさ緑の美しさと山椒特有の香りです。

雨空に朴《ほお》の芽ぶきもさかんなる　長谷川素逝《はせがわそせい》

がうがうと欅《けやき》芽ぶけり風の中　石田波郷《いしだはきょう》

フランスの女美し木の芽また　高浜虚子《たかはまきょし》

隠岐《おき》やいま木の芽をかこむ怒濤《どとう》かな　加藤楸邨

歳時記の植物の部にある「木の芽」は、もろもろの木の芽をさします。長谷川素逝や石田波郷の句には朴、欅の樹名がありますが、高浜虚子や加藤楸邨の句のように、木の名がない句の場合は、春に芽ぶく樹木のいずれかをさし、とくに限定はしません。句によっては、「木の芽」だけで「山椒の芽」をさすこともありますが、歳時記には「山椒の芽」で登載されています。その他、木の芽のふくらむころを「木の芽時」といい、このころに降る雨を「木の芽雨」と呼びます。

はじめて歳時記を持った中学生から、歳時記の索引で「木の実独楽《ごま》」を見ようと思うのだけど「き」のところにないと質問を受けたことがありました。彼はこれを「キの実」と読んでいて、「木」を「こ」と読むことを知らなかったのです。歳時記での呼び名もさまざまで、この中学生の持っている歳時記では「こ」の項にしかなかったのです。

　春の「木の芽風」「木の芽山」「木の芽垣」「木の芽月（旧暦二月の異称）」「木の芽寒」など、秋の「木の実落つ」「木の実独楽」などの語形は、これら「コの芽ナニナニ」のように、他の言葉との複合で一つの言葉になる例が多く用いられています。「木の芽和」もこれらの呼び名と同じく、歳時記では「このめあえ」が主流です。「きのめあえ」で間違いではないのですから、句を披《ひ》講《こう》する際など、あまり深く考えずに臨機応変になさったらいいでしょう。私見ですが、中学生が「コの実」などと読むことを知識として知ることは大事なのですが、日常の暮らしや遊びのなかで「キの実」のほうに親しみがあるのであれば、今は「キの実」でいいように思います。遠からず理解会得する日はくるでしょうから。

料理名として日常生活の場では「キの芽」と呼ぶのが一般的です。それに料理の場合の木の芽は「山椒の芽」に限られます。

花山椒煮るや山家の奥の奥　松瀬《まつせ》青々《せいせい》

春の月山椒の皮にむせてけり　白雄《しらお》

「山椒」はそれだけでは季語にはなりませんが「山椒の花」が春、「山椒の実」が秋です。「山椒の実」は山椒の果実で、ピリリと辛い香辛料として普及しています。

現在では、あまり句作されることはないのですが、古い季語に春の季語として「山椒の皮剥《は》ぐ」があります。昔むかし、虫下《くだ》しとして飲まされたアレかなとも思うのですが、山椒の若い枝の皮を塩水に漬けておき、塩抜きをしたものを刻んで香辛料、薬用に用いるカラカワです。このカラカワを辛皮と書くと知ったのは、佃煮《つくだに》として知られた辛皮煮をいただいてからのことでした。山椒の新芽の佃煮や、山椒の葉、実、皮に共通するほろほろした野趣に富んだ味には、「山椒は小粒でぴりりと辛い」のとおり、他の味を締めくくるような役割があります。

いま、世界で日本料理が見直されていることは周知のとおりです。ご飯もの、汁もの、焼きもの、煮もの、揚げもの、そのなかでの「和えもの」は、いわば脇役です。ところが、この脇役がないと、日本料理が引き立たないのです。栄養学的にもまことに優れているひと品です。

木の芽和、青ぬた、若布《わかめ》和、独活《うど》和、浅葱膾《あさつきなます》、鮒《ふな》膾、田螺《たにし》和。手元で常用している歳時記の春の季語に採用されている「和えもの」です。この他、地域によっていろいろあるでしょうが、胡麻《ごま》和え、胡瓜《きゅうり》や大根を主にした膾など、季節の野菜や魚介を、さまざまに工夫して胡麻、酢、味噌などで和えた日々の食卓の貴重な品目です。

ぐい呑《のみ》を小鉢代わりの木の芽和　草間時彦《くさまときひこ》

食べ物の句を多く残した草間時彦の句のなかで、とりわけ好きな句です。大ぶりなぐい呑みであれば、浅酌《せんしゃく》の肴《さかな》に合う程度の和えものを盛るに十分です。

もりかたや峠を見せて木芽和　流也

歳時記の例句に見かけた句です。作者の流也については不案内なのですが、木の芽和をこんもりと山形に盛った様子がまことによく出ていて、なるほどと感心させられました。

田楽《でんがく》に酔うてさびしき男かな　三橋鷹女《みつはしたかじょ》

焼いた豆腐や蒟蒻《こんにゃく》に竹串《たけぐし》を刺し、木の芽味噌を塗ってもう一度焼く。これが「木の芽田楽」。同じ木の芽料理でも、似て非なるものです。

木の芽の若々しい香りとあざやかな緑が、食卓に春をいっぱい運んできてくれる、それが「木の芽料理」です。

父母の永き不在や木の芽和　喜代子

花見《はなみ》

例年の私の花見は、徒歩三分ほどのところにある児童公園の染井吉野《そめいよしの》と、電車の窓から見える城山の山桜です。絶えて久しく花の名所というところに出向いたことがないのです。

それでも冬芽のころから蕾《つぼみ》を待ち、三分咲き五分咲きと満開までを楽しみ、今が見ごろという朝に見るしっとりとした花、昼間の白っぽい花びら、ベンチから見上げる夜花には、

さまざまの事思ひ出す桜かな　芭蕉《ばしょう》

に通う風情があり、さながら名所の名木に見《まみ》えているような気分になるのです。

阪神淡路《あわじ》大震災の一九九五年の一月十七日、寒い朝でした。二度と復興の日は来ないのではないかとしばらくは絶望的な日々がつづきましたが、あの年の花の時季が到来して被災を免れた桜が咲いたとき、多くの人が肩を抱き合って泣きました。

東日本の野山にも今年の桜が咲いているだろうと思いつつ、児童公園の桜を見ています。

夏

立夏
小満
芒種
夏至
小暑
大暑

田植えの日、遊ぶ姉たちのそばで
イズミの中の末っ子はコックリコックリ。
昭和31年6月 長野県富士見町池之袋
※イズミ（イズメ）は子ども用の籠

五月

初夏

立夏から小満のころ

夏の小動物たちの句

歳時記には、山野海浜に生きる小動物が季語として収録されていて、俳諧《はいかい》や俳句におもしろい作品を残しています。そこには雅《みやび》な和歌の世界では相手にされなかった、たとえば「蚤《のみ》」や「虱《しらみ》」のような不快害虫もいて、これらがれっきとした季語として春の桜や秋の月とおなじように歳時記の一角を占めているのです。

切られたる夢は誠か蚤の跡　其角《きかく》

ほのかにも色ある花見虱かな　森川暁水《もりかわぎょうすい》

其角の句は、だれかに切られた夢をみた、その証拠にここになにやら創《きず》らしき跡があるではないか、と蚤に喰《く》われたところを見ている。いやポリポリ掻《か》いている、そん

な自画像でしょう。この「蚤」は夏の季語です。おなじように「虱」の活躍するのは夏、歳時記では夏の部に入っていますが、この森川暁水の句の「花見虱」は春の季語となります。夏に出てくる虱が、はやばやと春の花のころに活躍を開始して人体にとりついたもの、これを江戸俳句風のいささかの風流心で「花見のころの虱」つまり「花見虱」であると呼んだものです。半透明な虱のからだが、人の血を吸って淡いピンクを呈している。「花見虱」などとうつくしい言葉を纏《まと》っていても、しょせんはいやな害虫です。

晩春、こんないやな虱が出てくると、戸外では樹木の新芽に颯々《さつさつ》たる風が吹き、かがやかしい日の光がかがやくようになります。「立夏」の到来です。カレンダーの日取りはおおよそ五月五日。

プラタナス夜もみどりなる夏は来ぬ　石田波郷《いしだはきょう》

四月のカレンダーが五月にかわると、まじないのようにわが舌頭にのぼってくるのがこの句です。

おなじように、季節の変化を知らせてくれる動植物が身辺にあふれてきます。夏燕《なつつばめ》、時鳥《ほととぎす》、郭公《かっこう》、青葉木菟《あおばずく》、その他多くの鳥が野山に鳴き声をひびかせ、蟻《あり》や蟬《せみ》や揚羽《あげは》やとんぼ、蛍《ほたる》や蝸牛《かたつむり》や甲虫《かぶとむし》や鍬形《くわがた》など、おなじみの夏の虫や昆虫が出てきます。不快害虫は蚤や虱だけでなく、蚊も毛虫も蛾《が》も蛇《へび》も蜥蜴《とかげ》も活動しはじめます。そんななかで、ひとしお親しみを感じるのが「夏の蛙」です。雨蛙、青蛙、河鹿《かじか》、牛蛙、蟇《ひきがえる》など、日本の田や湖沼、川や池、そんなところにいる蛙のいろいろが、それぞれの場所で固有の鳴き声で鳴きはじめます。

　私はこの蛙の鳴き声が大好きで、まるで安眠導入のように感じられるのですが、大嫌いだという方も多いようです。わが町の田んぼが次々に宅地に開発されたころ、都心から転居してきたある家族が、夜に鳴く蛙の声に驚き、これは公害である、行政でどうにかしてほしいという苦情を持ち込むという出来事がありました。たまたま輪番制で町内会の世話をしていた私の父が、アレはむかしからああして鳴いているものでして、と説得をしたのですが、都市生活者には騒音に聞こえたのでしょう。

　さて、歳時記では「蛙」は「かわず」と読み、春の季語となっています。「蛙」はカエル目《もく》の両生類の総称です。春、冬眠からさめて最初に出てくるのが赤蛙《あかがえる》、三月中ごろには殿様蛙《とのさまがえる》が登場します。その後鳴き出すのが雨蛙や蟇。これらは夏の季語です。

　蛙の句でよく知られているのは、次の句でしょう。

古池や蛙《かわず》飛びこむ水の音　芭蕉《ばしょう》

痩蛙《やせがえる》まけるな一茶《いっさ》是《これ》に有り　一茶《いっさ》

この「蛙」はその生態を基にしており、その生きた姿がとらえられています。ところが『万葉集《まんようしゅう》』の〈かはづ鳴く井出の山吹散りにけり花の盛りにあはましものを〉ほか、古典では蛙の姿は現れなくて鳴き声ばかりがとらえられているのです。その決定版とでもいえるのが、『古今《こきん》和歌集』仮名序の「花に鳴く鶯《うぐいす》、水に住む蛙の声を聞けば、生きとし生けるもの、いづれか歌をよまざりける」でしょう。つまり「蛙」はその「声を愛づるもの」が文芸の伝統としてあったのです。かつての雅な和歌の世界に蚤や虱が出てこなかったように、カエル目の蛙たちの姿態の気味悪さが敬遠されたのでしょう。それでいて鳴き声にはおおいなる愛着を感じてきたのです。その優雅な伝統を無視したのが芭蕉、一茶などの俳諧の句でした。なんでも作品にしてしまう俳諧の「かわず」はいまや俳句の世界で多くの人に愛されています。

雨蛙芭蕉にのりてそよぎけり　其角

枝蛙《えだかわず》喜雨の緑にまぎれけり　西島麦南《にしじまばくなん》

蛙好きな私が、蛙の中でとくに好きなのが体長三センチ程度の「雨蛙」です。たとえば、この其角の句の蛙です。おおきな芭蕉の葉に乗って、ゆらゆらしている雨蛙。恵みの雨で濡《ぬ》れた木の葉に同化した西島麦南の蛙。「雨蛙」は、脚先の吸盤で木の枝にとまっているので「枝蛙」とも呼ばれています。体は葉とおなじ緑色ですが、ときに灰褐色に変わります。雨が近くなるとケケケケとけたたましく鳴きはじめます。このケケケケが聞こえてしばらくすると雨です。

さて二十四節気の「立夏」につづくのが「小満」。実作にはむつかしいので、季語として採用していない歳時記もあります。これが五月二十日ころ。草木をはじめ万物が成長しはじめる、そんな時候をいいます。麦の穂がふくらみ、田植えの準備を始めるのもこの時期です。このころから、梅雨《つゆ》に先立つ雨がつづき、やがて本格的な梅雨となってゆきます。

雨蛙出会いがしらに目をあわす　喜代子

端午《たんご》

五月五日の節句。かつては男児の成長を願う日でしたが、今では男児女児を問わずすべての子どもの健やかな生育を祈念する「こどもの日」として、各地で子ども向けの催し物が行われることの多い日です。

男児のいる家では、鯉幟《こいのぼり》を立てたり、武者人形を飾ったりして祝意を示す風習は今も残っています。この日の食べ物は柏餅《かしわもち》と粽《ちまき》。柏の葉は枯葉のまま翌春まで木に残っているところから、家系の続くことを念じて、この葉で餅を包んだのが柏餅です。

わが家では柏の葉の代わりに山帰来《さんきらい》の丸い葉でお団子を包んでいました。この葉を採取する大人について山に行き、籠《かご》一杯の葉を持ち帰りました。団子を丸めたり餡《あん》を練ったりする母の周りをうろうろしているだけでしたが、そのどれもが楽しく、折々巡ってくる行事は、子ども時代の大イベントだったのです。

この日、弟や集い来た従兄弟《いとこ》たちは新聞紙で折った兜《かぶと》を頭にのせて柏餅を食べ、嬉々《きき》としていました。昔むかしから「端午」は「こどもの日」でもあったのです。

昭和の暮らしと日本人の心性

東京都大田区南《みなみ》久《く》が原《はら》に登録有形文化財「昭和のくらし博物館」があります。なになに博物館といいますとたいていは近代的なモダンな建物が連想されますが、この「昭和のくらし博物館」は、当節ではあまり目にすることもないような木造二階建の民家なのです。なにしろ敗戦間なしの昭和二十六年に建てられた家屋ですから、もうすぐ築七十年を迎えます。前年の昭和二十五年にはじまった住宅金融公庫の融資で建てられた家なのですが、敷地六十坪、一階に三部屋、二階に二部屋、台所に便所という当時の俸給生活家庭としては上々の建物であったように思われます。

現館長の小《こ》泉《いずみ》和《かず》子《こ》さんは昭和八年生まれ。小泉家の長女で、生活史研究と家具室内意匠史研究を専門にした工学博士です。自分の育った自宅をそのままのかたちで「博物館」にして、「家を残し、くらしを伝え、思想を育てる」をモットーに昭和庶民の「くらし」や「もの」を残した空間を保持して、ともに「昭和」という近代社会の長い部分を支えた日本人市民の心性を考えてみようという一つの場です。

なにしろ、核家族というような言葉など微塵もなかった昭和二十年代の都市生活者一般の住宅事情は、お父さんが「書斎」をもったり、子どもが「子ども部屋」をもったりすることとはかけ離れたものでした。子どもはみんな一緒に一つの蚊帳《かや》で寝ていましたし、宿題は食卓の電灯の下に頭を寄せ合って兄弟姉妹でやっていました。いまだテレビもなく、ラジオの子ども向け番組といえば昭和二十二年に始まった「鐘の鳴る丘」、その後の「新諸国物語」のみ、だれもが塾へ通うようなこともなく、夜は早々に就寝です。

それにどこのお宅にもいわゆる親戚の人たちがよく出入りしていました。お前さんはすこし煙草《たばこ》の量が多すぎますなどと父にお説教をするのはお父さんの伯母《おば》さん、来るときにいつもお土産《みやげ》が楽しみだったのはお母さんの妹、そんなふうに家族以外のいろんな人と接することが多かったのです。到来物があればお隣へおすそ分けです。お移り（お返し）はマッチや半紙でした。

つまり春夏秋冬の寒暖や自然に逆らわない衣食住、小泉館長の言われる「電気に頼らないくらし」だったのです。手作りの年中行事や行事食を季節のイベントとして生きてきた家族の歴史、ひいては日本人の暮らしの歴史の様相をとどめ、暮らしとは何かを考えるヒントを多々呈してくれています。

この家の台所の床下にはいくつかの甕《かめ》があります。冷蔵庫が普及するまでは、通気をよくした冷暗所である床下は保存食の保存場所としておおいに役立っていました。

甕の中身は梅干、らっきょう漬などです。

梅を干す真昼小さな母の音　飯田龍太《いいだりゅうた》

らっきょうの白きひかりを漬けにけり　大石悦子《おおいしえつこ》

三年は囲ふつもりの味噌《みそ》を搗《つ》く　後藤比奈夫《ごとうひなお》

梅干やらっきょう、味噌などは手作りを季節の目安にしていました。家ごとにいささかの違いがあり、それが「わが家の味」になっていたのです。

ここでは野草茶も手作りです。たとえば雑草の代表のようなドクダミ、これを十薬《じゅうやく》と呼ばれる薬草茶にして時々飲むと利尿作用、動脈硬化の防止になるとのこと。このほか柿の葉、笹など薬効のあるものはお茶にしています。お茶は梅干やらっきょう、味噌などと同じく、保存食品の最たるものです。

わが家では祖母が自家用のお茶を作っていました。わずかな茶を植えた茶山で茶摘みをし、蒸したり炒《い》ったり揉《も》んだりして乾燥させた素朴なお茶です。幼児のころから祖母手製のお茶を飲んでいて、大人とおなじお茶を飲むようになったのは中学生になってからでした。私の茶好きはこのころからです。今にして、祖母のお茶は香ばしくておいしかったと思うのです。なにしろ、手間隙《ひま》かけたお茶です。そのころに覚えた言葉が「八十八夜」でした。歳時記にあるとおり、この日を目安に茶の葉の出具合をみて茶摘みをしていたのです。

八十八夜は二月初めの立春から数えて八十八日目。おおよそ五月二日ごろに当たります。だいたい三日のちには立夏です。まさしく「夏も近づく八十八夜」であり「野にも山にも若葉が茂る」の好季です。この時期、安心していると思わぬ霜害におそわれることがあったのですが、そろそろそんな霜ともお別れだよを「八十八夜の別れ霜」で言い表し、種蒔《ま》きの目安としていました。また「八十八夜の針の丈」ともいいます。これは苗代の稲の丈が縫い針ほどに伸びてきましたという秋の豊作を期待することばです。

熟睡《うまい》して八十八夜かゞやけり

相馬遷子《そうませんし》

私たちの先祖は、こうして暦の二十四節気や雑節《ざっせつ》を暮らしの目安にしながら、自然界との連携を図ってきたのです。いったん機嫌を損ねると雨も風も人力ではどうにもなりません。雨よ、風よ、悪さをしないでおくれという祈る気持ちが雨乞いや風鎮めの祈禱《きとう》を生み、人々の心を繋《つな》いでいたのです。

「昭和のくらし博物館」にある家具道具は昭和三十年代までのもの、小泉館長は「電気に頼らない、買わない、捨てない、始末のよいくらし」を昭和という時代の生活の核だといい、その暮らしの最後が昭和三十年代であったと言っておられる。同感です。これに加えて「思考は頭、作業は手、移動は脚」をつづけてきた千幾年かのながき時代の最後だともいえそうです。

透明な傘の八十八夜かな　　喜代子

初鰹《はつがつお》

鰹は、春に黒潮にのって日本列島沖を北上し、秋に南下する夏を代表する魚です。紡錘《ぼうすい》形の魚体で休むことなくせっせ、せっせと泳ぎ、まだ春の寒いころに四国沖に、桜のころに紀伊《きい》半島沖に、若葉のころに駿遠《すんえん》から房総《ぼうそう》沖に、七月ころ三陸沖にやってきます。この時期を待って釣り上げるのですが、なんといっても待たれるのは銀の縞《しま》模様の皮をぴかぴかさせた刺身です。

そろそろ鰹の時期だとなじみの店に問い合わせますと、いいのが入ってますと返事があります。仲間と連れだってこれで浅酌のひとときを過ごすのが私どもの初鰹の楽しみですが、江戸の昔、遠州灘《えんしゅうなだ》から伊豆《いず》半島あたりで捕れた鰹を江戸に運び、極上は将軍に献上し、そののち、庶民もこれにありついたといいます。

目には青葉山ほとゝぎすはつ松魚《がつお》　素堂《そどう》

初物は七十五日寿命を延ばすといわれています。刺身は旨い、寿命は延びる、今年も初鰹にあやかりたいものです。

夏燕《なつつばめ》来ることの

新聞、ラジオ、テレビ、インターネットなどが人々の暮らしに深く入り込むまで、私たちは毎年来て去る季節を自身の耳目や皮膚感覚で知り、暮らしの指針にして生きてきました。たとえば近畿圏の気象現象をみただけでも、丹後《たんご》（京都府北部）のような日本海側と、海のない大和《やまと》（奈良県）、太平洋に張り出した紀伊《きい》（和歌山県）では、季節によって風、雨、雪、霧などがまったく異なります。この違いを北の亜寒帯から南の亜熱帯に及ぶ長い日本列島に敷衍《ふえん》してみてわかることは、どの地にも固有の季節情報があり、文字や伝達機器のなかった大昔から人々が身につけていた季節探査の方法があるということです。その目安になったのが、〈気象現象〉と〈生物季節〉といわれる動植物の生態でした。

古人たちは、自分の住んでいるところの川水があの岩をかくすようになる、山裾《やますそ》の南面に先の尖った草が芽を出す、それは満月であったあの日から次の満月までの間のどのあたりであった、それは棒の影の移動と連動しているなどをおおよその目途にして播種《はしゅ》、狩猟、漁労の計画を立てていったはずです。こうした天文や暦術を整理し体系的にまとめたのがみんなの暦であり、狭いエリアの情報、個人の情報をひろく人々の共有のものとして、それがたとえば暦の「七十二候」「二十四節気」として今に残っているのでしょう。

このことを私が実感したのは、三十年近く前の、いまだ近代文明とは無縁の中国雲《うん》南《なん》の奥地の村にしばしば行っていたころのことでした。文字で教えられる季節など皆無で、日々の暮らしのことごとくは「自然暦」でした。それで田んぼに稲は実り、畑には折々の野菜が育ち、それなりの暮らしをつづけていたのです。ある春、いつも世話になっていた村の某宅で寛いでいたときのこと、眼前を燕がツィーッと過《よぎ》っていったのです。なにかの合図を受けたように一瞬そこにいた村人数人と私たち日本人数人の視線が燕を追い、暗黙のうちにある季節の到来を「見た」と思いました。

そのとき私が反射的に思い出したのが、

来ることの嬉《うれ》しき燕きたりけり　石《いし》田《だ》郷《きょう》子《こ》

でした。雲南通いの同行者は俳句の友ではなく、田んぼの友でしたので、みな暦学の「七十二候」の晩春の初候に「玄鳥至《げんちょういたる》」のあることは知っていても、石田郷子のこの句のことは知ってはいません。そんなとき、こんな句があるということを披瀝《ひれき》するのも場違いなので黙っていたのですが、たぶん、この句の本意をもっとも的確に理解するのは、季語を情報で理解するネット俳人よりも、年ごとの「玄鳥至」つまり「燕」の到来を農耕の目安にしてきた田んぼの人々ではないかと思いました。

みちのくは草屋ばかりやつばくらめ　山口《やまぐち》青邨《せいそん》

つばめ〳〵泥が好きなる燕かな　細見《ほそみ》綾子《あやこ》

燕来る軒の深さに棲《す》みなれし　杉田《すぎた》久女《ひさじょ》

本州のあちこちで燕が見られるのが「春分」前後、そのころ目につく燕は歳時記では春の季語です。人家の軒下や駅舎など、蛇のような敵の来ないところに営巣し、卵を孵《かえ》し子育てをします。普通は四月から七月までに二回産卵するとのこと。折から田に水が入り、田植えがすみ、田にも野にも燕の餌《えさ》になる小虫が出はじめます。虫を捕える燕が青田の上をツィーッツィーッと飛んでゆきます。

実際に燕の巣を見るとわかるのですが、泥を豆状に固め、藁屑《わらくず》や草を挿しこみつつお椀《わん》型の巣を作り、そこには五、六羽の子燕が大きな口をあけて親鳥の運ぶ餌を待っています。その子育てぶりには、だれだってエールを送りたくなるくらい精勤で健気です。

立夏が過ぎると、燕は、春の季語から夏の「夏燕」になります。この夏燕は燕の種類ではなく、夏に見かける燕のことです。「燕の子」も夏の季語です。

燕には「岩燕」や「雨燕《あまつばめ》」のように燕に似た違う夏鳥がいますので、句作に際しては誤用しないように。

山塊《さんかい》を雲の間にして夏つばめ　飯田蛇笏《いいだだこつ》

芽柳の垂れる枝の間や植田の上を猛スピードで飛ぶ燕も颯爽《さっそう》としていて「これぞ燕」と思いますが、この句のように大きな景の中の一点である燕があたかも雲間の山を統《す》べるように宙を飛ぶ様子にも「これぞ夏燕」といいたくなります。どんな障害物にもぶつかることなく、その流れるような飛翔の姿や速さはまことに見事です。

夕暮は人に近づく夏つばめ　大井雅人《おおいがじん》

田植え開始のころ、田の水口に幣《ぬさ》を立て田神に供える花や酒や煎《い》った籾《もみ》などを置き田の無事を願いました。機械による農作業が普及するまでの昭和三十年代まででしょうか、このような景が見られたのは。

祖父の没後、田宰領《たさいりょう》をやっておりました祖母は、その籾を田の神さんにまで運ぶ役目を担うのが燕だと信じていたようです。田神と山神は同じ神で、春に季節の神として遠くから来臨するという類の民俗信仰はひろく日本に分布していたようで、わが家の軒下に来る燕に対して好意的であった祖母の謂《いい》もこれに準じたものだったようでした。候鳥《こうちょう》が南方から来ることなど知らない人たちは、春来る神は山から来ると信じていたのでしょう。今も私には、いかなる民俗学の資料や論考よりも、春から夏の間の「燕」を見る祖母の顔つきのほうに納得できるものがあるのです。

燕は、春の社日《しゃにち》（地の神に豊作を願う祭り）に来て、秋の社日（地の神に収穫の感謝を捧げる祭り）に帰ってゆくといわれていました。この間を日本で過ごした燕は、やがて虫を求めてフィリピン、マレーシアなどに渡ります。そんな燕が、「燕帰る」「秋燕」で秋の季語となります。

次の二句、帰燕のころの山河をとらえた句です。

高浪《たかなみ》にかくるる秋のつばめかな　飯田蛇笏

燕去るや山々そびえ川たぎち　相馬遷子

夏燕生存年齢のしるし　喜代子

なめくじ

さて、そこここの人に「なめくじ」という漢字が書けますかと問うて「蛞蝓」とすらすらと書ける人が幾人あるでしょうか。もしかしたら、これが書けたり読めたりできるのは、歳時記に親しんだ人たちくらいかもしれません。すらすらとは書けなくてもこの二字をナメクジと読むことはできそうです。蛞蝓、百足虫《むかで》、蚰蜒《げじげじ》、蛭《ひる》、蚯蚓《みみず》、これらが読めたり書けたりできるようになるのも俳句や歳時記に親しんだ効用の一つかもしれません。

ところがここに挙げたような生きものが目の前に現れたとしたら、どうでしょう。

蛞蝓といふ字どこやら動き出す　後藤比奈夫

字を見ただけでにゅるにゅるとした軟体が動きはじめるくらいに気持ちが悪いものです。ところがこれを季語にして一句作ろうというのが俳句で、この豊かなる俗の精神こそが他の文芸にはないおもしろいところでしょう。

日陰のじめっとしたところが蛞蝓の棲家《すみか》です。姿は見えなくても、通ったあとには銀色の粘液の筋が光ります。

六月　仲夏

芒種から夏至のころ

夏の梅仕事

「芒種」は「ボウシュ」と読みます。歳時記になれた方でしたらこれの読み方は御存じでしょうが、若い方のおおくから「これ、なんですか」と訊《き》かれます。読み方もその意味するところもわからない、といわれます。これはわからないのが当然といっていいくらい、当節の暮らしから遠い暦の言葉です。それに、普及版の歳時記には、これを夏の時候季語として採用していないものも多く、二十四節気のなかでも親しみのうすい名称となっています。

まず「芒」とはイネ科の穀物にあるノギのことです。ノギは「禾」とも書きます。稲、穂、稈、秩、秋などの偏《へん》を「ノギ偏」と呼びますが、稈はワラのこと、秩は「取り入れた穀物を順序よく積み重ねる」ことなど、どれも穀物にゆかりの字です。

ノギとは、稲穂の先に伸びている長い針状のもの。これは同じくイネ科に属する麦の穂にもあります。ノギは古くは麦のノギをさしていましたが、稲の裏作として麦作を見ることが少なくなった今、ますますこれを目にすることが少なくなりました。

芒種はや人の肌さす山の草

鷹羽狩行《たかはしゅぎょう》

「芒種」とは、稲や麦など芒《のぎ》のある穀類を刈り取る時期、日取りは新暦の六月五日ころに当たります。麦が熟れ「麦秋《ばくしゅう》」の時期を迎え、やがて稲作のはじめの田植えがはじまります。その田の水を恵んでくれるのが梅雨《つゆ》です。

現在では科学的な観測データに基づく気象情報が各地の梅雨の入りを知らせてくれますが、そのようなもののなかった昔むかし、梅雨の入りは「芒種から数えて五日目」といわれていました。年によって、地域によって違いますが、「芒種」のころ、そろそろ梅雨に入る時期です。

芒種ののちにくるのが「夏至」です。日取りは六月二十一日ころ。この日は立夏から立秋までの、つまり夏の真ん中に当たります。一年中で昼間がもっとも長く、夜が短い日なのですが、梅雨の空が重く、日照時間が曖昧《あいまい》で、日の長さは感じてもそれが一年中でもっとも長いと認識することは至難です。本格的な夏の到来はまだまだ先、梅雨が明けてからになります。梅雨前のそのころ目につくのが黄熟する前の青い梅の実、「青梅」です。

うれしさは葉がくれ梅の一つ哉《かな》　杜国《とこく》

かりそめの風に葉ごもる実梅かな　齋藤空華《さいとうくうげ》

早春、花を咲かせていた梅がおわり、葉がいきいきと茂るころ、葉と同じような緑の実がふくらんできます。杜国の句の「葉がくれ」、齋藤空華の句の「葉ごもる」にあるように、青梅は茂った梅の木の葉の下、葉の奥に見えます。

実梅籠《かご》実梅みたして隙《すき》ばかり　中原道夫《なかはらみちお》

熟す前の実、これを枝からふるい落とすのです。梅の木の下に茣蓙《ござ》、シートなどを敷き、棒状のもので叩《たた》きます。これを拾い集めて籠に入れるのですが、実が固いので籠に入れても隙ができる、そんなところに目をとめたのが中原道夫の句。

やがてこの実が梅干になり、梅酒、砂糖煮などになります。未熟な青梅は有毒とのことですから、そのまま食べることは禁物です。私の母はこれを砂糖で煮て煮梅にしていました。梅の酸味がさっぱりしていて蒸し暑い日の口によく合います。また、青梅を卸金《おろしがね》で擂《す》り、煮詰めて梅肉エキスを作り、お腹の弱い弟に舐《な》めさせていました。台所に酸《す》っぱい匂いがたちこめていたのを思い出します。

さて、青梅が重宝されるのは、なんといっても「梅干」と「梅酒」でしょう。自家製をつづけておられるお宅では、時期を逸《そ》らさぬ梅干作りは大事な年中行事の一つです。

「梅見て、紫《し》蘇《そ》蒔《ま》け」という俚諺《りげん》がありますが、早春の梅見が終わったころに梅干用の赤紫蘇の種を蒔いておくと、漬ける時期に間に合うよということです。

梅干の作り方にはお宅個々の流儀がありますので、これが正解とはいえません。青梅を洗い半日水に浸け、笊《ざる》にあげて塩漬けにして二、三日しますと、押し蓋《ぶた》の間から梅酢が上がってきます。そのまま二週間くらい置き、晴天の日に「三日三晩の土用干し」をしてしばらく密閉をしておいて紫蘇の葉を入れ、赤い梅酢を加えて貯蔵する、というのが祖母、母経由のやり方ですが、おおよそはこんなところでしょう。

いま一つの諺《ことわざ》に「友達と梅干は古いほどよい」とあり、梅干は三年目のものがいいなどといいます。つまり古くてもいいよということでしょうが、私のところの食卓に出ていたものなどいつのものだったのやら、皺々《しわしわ》のものでした。これを食べ渋っていると、祖母が「梅はその日の難のがれ。中に天神寝てござる」と応援のエールを送ってくれるのです。日本の誇る健康食品という栄養学の見地からの応援ではなく、古くからいいものだと言い伝えられてきたからお前もお食べ、そんな応援だったのです。

塩噴きしひね梅干を珍重す　富安風生《とみやすふうせい》

夜天より梯子《はしご》降り来て梅を干す　三橋鷹女《みつはしたかじょ》

やがて本格的な梅雨に入り、雨がつづきますが、山野、田畑に大事な雨です。梅雨明けの後に明るい南風が吹くようになり、いよいよ「小暑」「大暑」の暑い夏を迎えます。

青梅の固さ青さを掌《てのひら》に　喜代子

かて飯いろいろ　初夏の豆飯

「かてめし」とは、米にいろいろなものを混ぜて炊いた飯のことで、「糅飯」と書きます。かて飯というより一般には「炊き込みご飯」「混ぜご飯」のほうになじみがあります。

さみどりの菜飯《なめし》が出来てかぐはしや　高浜虚子《たかはまきょし》

炊き上げてうすき緑や嫁菜《よめな》飯　杉田《すぎた》久女《ひさじょ》

この句の「菜飯」は、春の菜や草の緑を混ぜ込んだ飯のことです。『日本米食史』（岡崎圭一郎著・一九一三年刊）という大冊に「菜飯」のことを記したところがあり、そこに「菜飯の流行したる事は寛永《かんえい》頃（江戸前期）よりなるべし」とあり、加えて「この菜飯には必ず田楽《でんがく》を添へて食せりと見ゆ」とも書かれています。それ以前には「青菜をたたき刻み、熱湯を注ぎ、塩とともに和するもの也《なり》」とありますから、もとは炊き込むのではなく、できた飯に混ぜていたようです。高浜虚子の句の「菜飯」、杉田久女の句の「嫁菜飯」は、混ぜたり炊き込んだもの、いずれもさみどりの美しさに目を奪われます。

この菜飯のように、その季節ならではのものの色香や風味を愛でるかて飯もあれば、麦、粟《あわ》など、米以外の穀物や、栗《くり》、豆を炊き込んだもの、魚介を炊き込んだもの、特定の山でしか採れない松茸《まつたけ》やしめじなどを用いたものなど多様です。米の量を増やすために麦や大根、芋を入れ、さらにこれを粥《かゆ》にするということも古人よりの工夫です。

さて、これらいろいろのかて飯で、現代の歳時記に採用されているのが、春の「菜飯」「五加木《うこぎ》飯」、夏の「筍《たけのこ》飯」「豆飯」「麦飯」、秋の「松茸飯」「零余子《むかご》飯」「栗飯」です。各地にはもっともっと固有のものがあるでしょう。江戸・深川《ふかがわ》の浅蜊《あさり》飯、広島の牡蠣《かき》飯など、または小さく刻んだ鶏肉、牛蒡《ごぼう》、人参《にんじん》、油揚などを炊き込む混ぜご飯など、地域ならではのものから、わが家固有のものまで、多々あるでしょう。

そのなかで、だれもが「ああ、この鮮やかなみどり」とさわやかな気分を味わうのが「豆飯」です。

かをりにもまづ目をつむり豆の飯　森《もり》 澄雄《すみお》

豆飯食ふ舌にのせ舌に力入れ　石田《いしだ》波郷《はきょう》

森澄雄の句は、五感に先立つ嗅覚《きゅうかく》に導かれた句です。まず見て、つぎに香りを満喫して舌にのせる、その舌にのせたご飯をおもむろに舌と上顎《うわあご》で噛《か》み、つぎに歯で噛む。そんな仔細《しさい》を想像させる句です。豆がやわらかく煮えていますので、舌の上で割れるとたちまちに香りが口中にひろがります。

「豆飯」は、おもに青豌豆《あおえんどう》（グリーンピース）を用います。同じ時期に生《な》る蚕豆《そらまめ》をつかうのも「豆飯」です。作り方にはいろいろありますが、私は次のようにしております。

豆は柔らかいので、お釜に最初から入れずに、ご飯が沸騰してきたときに豆と塩を同時に入れて手早く軽く混ぜ、弱火にして十五分くらい炊き、さらにその後十五分くらい蒸します。すると、豆の香り、色を失わずにふっくらとした「豆飯」ができます。

歳月やふっくらとこの豆ごはん　坪内稔典《つぼうちねんてん》

山海の珍味を盛った大ご馳走《ちそう》にも魅力はありますが、季節の句である「豆飯」もご馳走です。欲をいうなら、それも炊きたての「ふっくら」がいいにきまっています。この句の季語はもちろん「豆ごはん」で、句の主役なのですが、その裏でこの句を支えているのは「歳月や」です。「豆ごはん」に感じる幸せな気分、これは大ご馳走に匹敵するものでしょう。白米の白に映えるグリーンピースの緑が、初夏の風光と相《あい》俟《ま》ってこの季節の心地よい句の風景を醸し出しています。

豆めしや娘夫婦を客として

安住《あずみ》　敦《あつし》

この句も「豆めし」が、家族間の幸せな気分をつくる役割を担っています。嫁いだ娘さんがお婿《むこ》さんとともに帰ってきたのです。なにしろお婿さん付きなので、客人扱いです。これも大ご馳走ならぬご馳走である「豆めし」がこの場の主役を引き受けているようです。

秋の枝豆も、豌豆とおなじように炊き込むと緑の映えるおいしい豆飯になります。他にも大豆を炒《い》り、これを炊き込んだ豆飯もあります。

いずれも出しは昆布、淡い塩味にすることです。かつては、これに田楽を添えることを常としたとのこと。たしかに味のバランスとしてはよさそうです。

これら「豆飯」は、なんとなく気分を豊かにしてくれる力のようなものがありますが、かて飯のなかには悲しい思い出を残したものも多々あります。秋の田が凶作で、一年間の食糧が確保できない、というような年もあり、わずかな米や麦に、救荒食品として大事に保存しておいた栗や芋、粟や稗《ひえ》、大根や南瓜《かぼちゃ》などを炊き込んで量をふやして糊口《ここう》の道をつないで生きたという例がそこここにありました。

凶作のたびに家族が食うための「娘の身売り」が生じたという新聞記事が毎日のよ

うに見られるのも、私の生まれた昭和十年前後のことです。この新聞資料を繰るたびに、これも昭和の悲劇だったと思うばかりです。と同時に、けっして高価でもなければ、こみいった手数がかかるわけでもない「豆飯」が与えてくれるささやかな幸せがいかに大事であるかを思わずにはいられません。

青豌豆が目につくようになったら、「豆ごはん」で初夏の味覚を楽しんでみたいものですね。

手に馴《な》れた箸《はし》よ茶碗《ちゃわん》よ豆ごはん　喜代子

梅雨晴間《つゆはれま》

歳時記の「春」の天文の項を見ますと、「春の雨」「春雨」「春時雨《しぐれ》」「春霖《しゅんりん》」「菜種《なたね》梅雨」「花の雨」「春驟雨《しゅうう》」と春の雨の名があり、これにつづけて「夏」の天文には「夏の雨」「卯《う》の花腐《くた》し」「迎え梅雨」「梅雨」「五月雨《さみだれ》」「送り梅雨」「薬降る」「虎が雨」「夕立」「喜雨」と夏の雨の名が並んでいます。

同じように降る雨にこれほどの多くの名があり、その名がどれも情趣に富んでいることを知るだけで、この国がことばの豊かな国であることがわかります。これら春の雨の名のなかで、春霖の霖、菜種梅雨の梅雨、これらは「なかなかあがらない雨」のことです。霖とは三日以上つづく雨のことだと定義されており、秋の長雨を秋霖《しゅうりん》と呼んでいます。

さて、さらに長い期間雨がつづくのが「梅雨」です。

家一つ沈むばかりや梅雨の沼　田村木国《たむらもっこく》

大梅雨の茫々《ぼうぼう》と沼らしきもの　高野素十《たかのすじゅう》

牛小屋に出水《でみず》の跡のまざまざと　棚山波朗《たなやまはろう》

雨が長く降るだけでなく雨量が多く、雨脚もつよく沼の水嵩《みずかさ》が増えた様子の伝わる句です。昼となく夜となく雨が「シトシト」と降り、三和土《たたき》や畳や敷物などが「ジメジメ」と湿り、食べ物に黴《かび》が生じたり饐《す》えたりするのが梅雨なのですが、ときに掲句のようにはげしく降る年があります。そんな梅雨を「荒梅雨」と呼び、梅雨の豪雨による河川の氾濫《はんらん》を「出水」または「梅雨出水」といいます。ところが年によって、本来であれば梅雨どきでありながら雨が降らず、梅雨の水をたよりにしていた田畑に被害がおよぶことがあります。「空梅雨」です。

　本格的な梅雨を前にして長く降る雨を「卯の花腐し」といいますが、このころに咲く卯の花（空木《うつぎ》）が腐ってしまうほどの雨というところからそう呼ばれることになった雨の名です。「卯の花腐し」につづいて「走り梅雨」「迎え梅雨」「梅雨入」とつづきます。「梅雨入」は「ついり」と読みます。このように梅雨の前後には「梅雨ナニナニ」と呼ばれる言葉が多くあり、そのほとんどが季語として歳時記に登載されていますので、「梅雨」の周辺季語、または傍題季語にも目を通しておくことです。

「梅雨晴間」もそんな季語の一つです。読んで字のとおりで、長い雨の期間にたまさか晴れる日のことをいいます。梅雨が明けて晴れることだという説もありますが、作句に際しては、多くが梅雨の晴れ間でよしとしています。加えて「梅雨晴れ間」とは表記せず「梅雨晴間」と書くほうが句が引き締まるように感じられますがいかがでしょうか。

梅雨晴れの月高くなり浴《ゆあ》みしぬ　石橋秀野《いしばしひでの》

病者睡《ね》て足裏くろし梅雨晴間　石田波郷

さて「梅雨」ですが、六月から七月にかけて北海道を除く日本列島を北上しながら約一か月いすわる「梅雨《ばいう》前線」のもたらす季節的な雨です。年によって北海道にも及ぶと聞きますが、きわめて稀《まれ》だとのことです。長い列島で最初に「梅雨入」が報じられるのが沖縄の五月。九州、本州を這《は》うようにして東北に至ります。東北の「梅雨明け」が七月下旬、というのが平均的な「梅雨前線」の動きです。

梅雨は中国揚子江《ようすこう》以南から朝鮮半島の南部、日本列島などに降る雨で、ヨーロッパやアメリカなどにはない雨です。熱帯の雨季（雨期）ともちがうことから、これに該当する英語がないとのことで、外国ではこの気象現象を「ばいう」といい、「ＢＡＩＵ」と表記するのだと聞いたことがあります。

中国の揚子江以南で梅の実が熟すころに降るところから「梅雨」と呼ばれる雨ですが、これが「梅雨」と書かれて句に採用されるようになったのは明治以降のことで、

江戸期の俳諧《はいかい》では「梅の雨」と書いていたようです。たとえば、

降音《ふるおと》や耳もすふ成《なる》梅の雨　芭蕉《ばしょう》

と、梅の実の酸っぱさにかけた句があります。江戸期には、この雨が旧暦五月に降ることから、「五月雨」と呼ばれており、句作にも「五月雨」で残っています。

五月雨の降り残してや光堂　芭蕉

五月雨をあつめて早し最上川《もがみがわ》　同

などが『奥の細道』の名吟として今も愛誦《あいしょう》されています。

「五月雨」は「梅雨」のこと、さらにはいま「五月晴《さつきばれ》」と呼んでいる五月の晴天のそもそもは「梅雨晴間」だったのです。

朝虹は伊吹《いぶき》に凄《すご》し五月晴　麦水《ばくすい》

この五月雨の水が満々と広がる田で、早乙女《さおとめ》が早苗を植える、これが機械化されるまでの田植え風景でした。

水田が平地の梅雨の雨を引き受けるダムの役目を果たしていることで、水は確保さ

れ稲も育つというバランスを保った治山治水がなされているのですから、梅雨は日本にとって大事な資源なのではないかと思うのです。それだけに、「梅雨晴間」はありがたい天気で、雨で戸外に出て遊ぶことができなかった子どもたちの久々の声が聞こえてきます。わずかの晴間に洗濯をしたり、部屋に風を通したり、雨靴を干したり、「蒼朮《そうじゅつ》を焚《た》く」を試みてみたりしますが、しばらくするとまた雨が降りはじめるのです。

「蒼朮を焚く」とは乾燥させたオケラの根を焚くことで、匂いと煙が梅雨の湿気や黴を防ぐといわれ、試してみたのですが、さしたる効能もなく終わってしまいました。

鬱々《うつうつ》と蒼朮を焚くいとまかな　飯田蛇笏《いいだだこつ》

蒼朮を焚きつつ子供を叱《しか》りつつ　山本洋子《やまもとようこ》

梅雨が明けると、「梅雨明け十日」という暑さがやってきます。本格的な夏の到来です。

赤ちゃんの髪のくろぐろ梅雨晴間　喜代子

短《みじか》夜《よ》

二〇二〇年の夏至《げし》は六月二十一日。一年でもっとも夜が短い日です。黄昏《たそがれ》どきが長く、夜明けが早いのです。なんだか睡眠不足になりそうですが、そんなことより、明け易《やす》い夜を惜しむ気持ちに重きをおくのが「短夜」の本意だといわれてきました。

みじか夜や枕に近き銀屏《びょう》風《ぶ》　蕪《ぶ》村《そん》

明易《あけやす》や雲が渦まく駒《こま》ヶ《が》嶽《たけ》　前《まえ》田《だ》普《ふ》羅《ら》

午前四時ころになると東天がほのかに明るくなってきます。そんな時間に蕪村は目覚めたまま横になり枕辺の屏風の銀の放つ鈍い光りを瞼《まぶた》に感じています。ところが前田普羅の方は戸外の大景を見ています。冬であれば二人とも睡眠中という時間でしょう。

余命いくばくかある夜短し　正《まさ》岡《おか》子《し》規《き》

正岡子規にとってとても大事であった一刻一刻の時間。子規の心中が伝わってくる早い夜明けです。

七月 晩夏

小暑から大暑のころ

蚊を打つ構え

二〇二〇年の「小暑」は七月七日、「大暑」は七月二十二日です。文字どおり夏の暑さが盛んな時期、一年中でもっとも暑い時期です。晩春から出はじめた不快害虫の一つである「蚊」が大活躍をして野良仕事や安眠の妨害をする時節でもあります。

「蚊」を辞書で確認すると「双翅《そうし》目カ科に属する昆虫の総称」とあり、とたんに「ええっ、蚊って昆虫なの？」と辞書の説明を疑ってしまいました。あんな嫌なヤツがどうして私の大好きな昆虫のトンボとか蝶《ちょう》とおなじ昆虫なのと思ったのです。ですが考えてみれば不思議でもなんでもない「節足動物門――」以下、昆虫として説明されている蚊の生態が他の昆虫とおなじなのですから、蚊もトンボや蝶とおなじく昆虫として平等だというわけです。

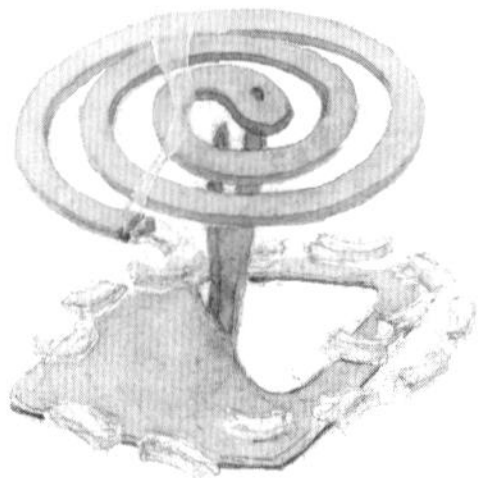

蚊は夏に出てくるものだと思われていますが、春にも秋にもひそかに活躍しています。歳時記の「春」の部にも「秋」の部にもそれぞれに「春の蚊」「秋の蚊」として立項されています。

晩春に現れる蚊も、秋に残っている蚊も、最盛期は真夏です。どこからともなくブーンと現れ、チクリと刺し、かゆみを残すという、困った昆虫なのです。ふだん、目にするのはヤブカ、アカイエカ、シマカなど。日差しの強いところで見ることはなく、

叩《たた》かれて昼の蚊を吐く木魚哉《かな》

夏目漱石《なつめそうせき》

のように、昼間は草叢《くさむら》とかもの陰とかの薄暗いところにひそんでいるようです。夏目漱石の句の蚊は木魚の中に入っていて、ぽくぽくと叩かれてあわてて出てきたのです。

ヤブカの大きいものは、黒く白い縞《しま》のあるものが多く、ゆうに体長一センチをこえます。あまり高いところを飛ぶ能力はないようで、人や家畜などの血を吸って生きているのですが、血を吸うのは雌だとのこと。だったら雄はなにを餌《えさ》にしているのかと調べてみたところ、なんと植物の汁を吸っているのだそうです。肉眼でたしかめることはできそうにもありませんが、雌の口吻《こうふん》は血を吸うのに都合のいいかっこうをして

いるとのことですから、雌蚊はまさに吸血鬼さながらです。

わが宿は蚊の小さきを馳走《ちそう》なり　芭蕉《ばしょう》

蚊柱に夢の浮橋かかるなり　其角《きかく》

蚊の声す忍冬《にんどう》の花の散るたびに　蕪村《ぶそん》

「馳走なり」とか「夢の浮橋」とか「忍冬の花の散るたびに」とか、芭蕉も其角も蕪村もなんだか蚊に親しみを感じているようです。

憎き蚊が発生するのは、ちょっとした水溜《たま》り、池や沼の澱《よど》みで、ふらふらしているボウフラが蚊の幼虫です。まず蚊退治はボウフラの発生を断つこと。これが肝心ということになります。発生した蚊が空中に群をなして舞っているのが蚊柱。

蚊に刺されるとかゆみがのこり、体質によっては赤く腫《は》れ上がったり、化膿《かのう》したりすることがあります。また怖い伝染病を媒介することもあり、けっして侮れません。

そんな憎い蚊から身をまもるために考案されたのが「蚊遣《かやり》」です。

蚊を退治するには、昔から何かを燻《いぶ》し、その煙の嫌な匂いで蚊を近づけない方法が効果的だったのです。刈ってまだ青みの残る草、楠《くす》か榧《かや》などの木皮、杉の葉、柑橘《かんきつ》類の皮などを燃やし、その匂いで蚊を追いやるのです。蚊から身をまもるために、蚊遣にはあれこれと工夫してきた経緯があります。

人だけでなく、馬や牛などの家畜小屋にも煙を流して蚊退治をしました。網戸のない昔、夜間だけでなく病人や昼寝の幼児には蚊帳《かや》を吊《つ》って蚊の難をのがれていました。江戸時代には紙製の蚊帳があったとのこと、私たちが使っていたのはもっぱらに麻でした。昭和三十年代くらいまででしょうか。部屋いっぱいに吊った蚊帳で、子ども時代の兄弟姉妹がぶつかったり、押し合ったりしていっしょに眠ったものです。

やはらかき母にぶつかる蚊帳の中　今井《いまい》　聖《せい》

その後、除虫菊で製した蚊取線香が出回るようになり、網戸が普及すると蚊帳なしで寝られるようになり、いつしか蚊帳を見ることもなくなりましたが、今、いくら当時の品物として蚊帳を見たり、中に入る体験をしても、あの時代の蚊帳の中の別世界めいた雰囲気《ふんいき》や気分はもう帰ってはきません。

兄弟に蚊遣は一夜渦巻けり　石田《いしだ》波郷《はきょう》

ひと渦をともして寝入る蚊遣香　福田《ふくだ》甲子雄《きねお》

蚊取線香は乾燥した除虫菊の粉末を布海苔《ふのり》や椨《たぶのき》の粉などで練り、渦巻状に固めた線香で、かなりの時間をかけて一本が燃え尽きます。渦巻蚊取線香の時代を経て、現今では火を用いない電気や電池を利用した製品が売り出され、煙をむくむく出していた「蚊遣火」の存在は薄くなってしまいました。煙もなく嫌な匂いもなく、いかなるもののおかげで蚊が寄りつかないのか、不思議です。

宙に目をすえて蚊を打つ構えかな　喜代子

団扇《うちわ》でしのいだ暑さ

当節、新しく建つモダンなマンションで暮らしを始められた方々のところに、はたして「団扇」というものがあるのかどうか。そんなどうでもいいようなことが妙に気になることがあります。暑さを払うための団扇、いたるところからせめてくる蚊や蠅《はえ》を追い払うための団扇。かつては夏の必需品としてどんなお宅にもあったのが団扇です。ところが、近年、その団扇を見ることが珍しくなりました。団扇を必要としなくなったのです。

近年の耐え難いような夏の暑さも、部屋を冷房で冷やせば快適に過ごせますし、隙《すき》間《ま》のない網戸を張り巡らせば蚊など侵入してきません。団扇が見られなくなったのは、そんな住居の環境が整ってきて暑さを団扇で退散させずともよくなってからのことです。

絵《え》団《うちわ》のそれも清十郎《せいじゅうろう》にお夏《なつ》かな　蕪村

大猫のどさりと寝たる団かな　一茶《いっさ》

「団」は一字で「うちわ」と読みます。俳諧《はいかい》時代の句では多くに「団」が使われています。ちなみに、日常使う「せんす」も「扇子」と書くのが一般的となり「扇《おうぎ》」という古い言い方をすることは少なくなりました。

蕪村の句からは、「お夏清十郎」という恋の悲劇を絵に描いた団扇があったということがわかります。たぶん近松門左衛門《ちかまつもんざえもん》の浄瑠璃《じょうるり》からか、巷説《こうせつ》に語られるお夏狂乱からかが団扇絵になっていたのです。昭和の団扇にも時の女優さんが描かれたものが出回っていましたから、団扇はただパタパタ扇ぐだけではなく、現在のテレビのドラマとかアニメとかに通じる楽しみの要素をもっていたようです。

一茶の句のおもしろさは、暑さにうだっているのが人間ではなく大きな猫であるというところにあります。それも「どさり」と寝そべっているのです。そんな猫に団扇風を送っているのが人間一茶です。

麦の穂を描きて白き団扇かな　後藤夜半《ごとうやはん》

団扇の白い面にみどりの「麦の穂」がすぅーと伸びている。そんな涼しげな絵柄の団扇です。絵の余白の白も涼しげです。

疾走の鹿の透けたる奈良団扇　森田智子《もりたともこ》

奈良団扇は江戸期に春日《かすが》大社の社人が作った優雅な楕円《だえん》形の団扇です。透けた細工がほどこしてあり、その一つに奈良の鹿が図案化されているもので、実用品というより工芸品といえる団扇です。両面に漆《うるし》を塗った岐阜《ぎふ》団扇にも同様の趣があります。

上等なものには絹張りのもの、名のある画家の絵を配したものなどもあり、夏のインテリアに重宝される類のものもあります。このような凝った細工の団扇が作られている一方に、実用専門とでもいえる渋団扇があります。

水うってあふぐもよしや渋団《しぶうちわ》　闌更《らんこう》

かつて、渋団扇はどこのお宅にもありました。火のために使う団扇で、活躍場所はおおく台所です。まず七輪の口に風を送る役目があります。かまどの薪《たきぎ》の炎を大きくするためにも活躍しました。しっかりした竹の骨と表面に柿渋をこってりと塗った仕様で、座敷で使う団扇より大型で堅牢《けんろう》です。遠慮なく使える団扇で、ちょっと台所の板の間の塵をあつめたときなど、塵取りの代用に使ったりしていました。

いそがしきから臼《うす》ふみの団かな　許六《きょりく》

雪隠《せっちん》に去年ながらのうちはかな　也有《やゆう》

褌《ふんどし》に団扇さしたる亭主かな　蕪村
後家の君黄昏《たそがれ》顔のうちはかな　蕪村

江戸の人々の暮らしの一端を見ているような句です。から臼を踏みつつ使っている団扇。便所に置かれた団扇。褌姿の亭主の腰の団扇。後家さんの団扇。しかもこの後家さんは黄昏顔という風情なのです。いずれも生活の場の生活人の持つ団扇です。
こんな卑俗なおもしろさだけでなく、次のような句もあります。白団扇なればこその美。

うす雲に歌や望まむ白うちは　召波《しょうは》

このように多種ある団扇は、どれも竹の柄の部分を残して細くさいて骨とし、これに紙や絹を張ったもので、形は楕円か円形です。『倭《わ》訓栞《くんのしおり》』（一七七七〜一八七七年）という古書によると、「うちわ」の字は「撲羽」で、蚊や蠅を撲《う》つものの意で中国からの伝来でした。平安時代の団扇は貴族の持ち物でしたが、江戸期になり春日大社の奈良団扇のほか各地の社の祭に際して売り出されたそうです。これに絵が描かれると団扇を持つことが民間に流行していったとのことです。

やはらかく胸を打ちたる団扇かな　片《かた》山《やま》由《ゆ》美《み》子《こ》

座っているのか、横になっているのか、パタリパタリと団扇を動かして首から顔のあたりに風を送っている様子です。ゆったりとした動作での暑気払いです。夏を過ごすための道具の一つ「団扇」、古来、珍重されてきたものです。性能のいいクーラーも扇風機もいいのですが、たまには団扇風もいいものです。

海風のまにまにつかう団扇かな　喜代子

夏座敷《なつざしき》の工夫

家の作りやうは、夏をむねとすべし。冬はいかなる所にも住まる。暑きころ、わろき住居《すまひ》は堪へ難きことなり。深き水は涼しげなし。浅くて流れたる、はるかに涼し。細かなる物を見るに、遣戸《やりど》は蔀《しとみ》の間よりも明かし。天井の高きは、冬寒く、灯暗し。造作は、用なき所を作りたる、見るもおもしろく、よろづの用にも立ちてよしとぞ、人の定め合ひ侍《はべ》りし。

右は兼好法師《けんこうほうし》の『徒然草《つれづれぐさ》』の第五十五段です。書き出しの「家の作りやうは、夏をむねとすべし」が、歳時記の「夏座敷」の解説や、建築案内の冊子などによく引用されていることもあってか『徒然草』の中でもよく知られたところです。

もともと日本の夏は高温多湿です。ことに兼好法師の住んでいた京都盆地の夏の暑さは格別で、寝殿造りや今に残る古い邸宅や町家などにもできるだけ涼しく過ごす工夫がほどこされています。「冬はいかなる所にも住まる。暑きころ、わろき住居は堪へ難きことなり」とありますとおり、冬の寒さにもまして、堪え難いのは逃げ場のない夏の暑さです。

そこで夏を涼しく過ごすために工夫されたのが、まず家の建て方です。海に近いところ、山に近いところ、町中、田んぼの真ん中など、立地の条件によって家の向き、屋根の勾配《こうばい》、軒の深さ、窓のつけ方などはおおきく変わります。ことに雪の深い地域、北風や颪《おろし》の強い地域、日照時間の短い地域、しばしば台風の通り道になる地域、無視できないのがそんな地域特有の気象です。

山も庭も動き入るゝや夏ざしき　芭蕉
雨音を野の音として夏座敷　廣瀬直人《ひろせなおと》
思ひ〳〵に外を見てゐる夏座敷　細見綾子《ほそみあやこ》

よき人の、のどやかに住みなしたる所は、さし入りたる月の色も一《ひと》きはしみじみと見ゆるぞかし。今めかしく、きららかならねど、木立ちもの古りて、わざとならぬ庭の草も心あるさまに、簀子《すのこ》・透垣《すいがい》のたよりをかしく、うちある調度も昔覚えてやすらかなるこそ、心にくしと見ゆれ。

これも『徒然草』の第十段の「よき住まいとはこのようなものだ」というくだりを引いたものです。心ある人の住まいには、今風のきらきらした華やかさはないのだけれど、古色をおびた庭の木や草がいい風情をかもし、縁側や垣根の様子もよく、さりげなく置かれた調度にも心がおちつくものだ、というのです。

芭蕉も、廣瀬直人も、細見綾子も座敷の「内」にいて「外」に心と目を放っています。この家内と戸外との隔たりを取り除いた工夫こそが、兼好法師の「心にくしと見ゆれ」に通うところでしょう。

さらに日本の夏を涼しげに過ごすために古人が残してくれた数々の「設《しつら》え」。そのためのあれこれを、歳時記の季語から抜いてみましょう。

まず襖《ふすま》・障子《しょうじ》などを外し、葭簀《よしず》をはめた「葭戸《よしど》」に変えます。このヨシ（葦）は、水辺に自生する背の高い多年草。これの稈《かん》（茎）を用いた風通しのよい建具です。「簾《すだれ》」も間仕切りや涼しさを取り入れるためのもの。青竹で編んだ簾を「青簾」と呼びます。その他「夏暖簾《なつのれん》」「簾衝立《ついたて》」なども間仕切りなどに重宝です。

簀戸《すど》幾つ列ねて奥や木々の風　島田青峰《しまだせいほう》

いちまいの簾の奥の暮しかな　鈴木貞雄《すずきさだお》

素足の足裏にひんやりとした感触が心地よい敷物が「たかむしろ」。竹を細く割いて織った敷物です。句会の句稿などに「簟」と書かれた句が出てきますと、なんと読むのかしら、どんなものかしら、とざわめきます。籐《とう》で編んだ筵《むしろ》が「籐筵」。いずれも幾年も使っているうちに飴《あめ》色っぽくなり、これらに涼を求めた古人が懐かしく思い出されます。「花茣蓙《はなござ》」も夏の敷物の一つです。夏にゆかりの草花や山水の景を編みこんだ藺草《いぐさ》製が珍重されます。座蒲団《ざぶとん》も、麻地やパナマ、藺草などの素材の「夏座蒲団」に変えます。

浴《ゆあみ》して且《かつ》うれしさよたかむしろ　召波
花茣蓙に子供の膝《ひざ》の二つづつ　大嶽青児《おおたけせいじ》
連衆の数だけ並ぶ夏座蒲団　星野恒彦《ほしのつねひこ》
兄の吊る母の風鈴鳴りにけり　黒田杏子《くろだももこ》
つりしのぶまろき水玉垂らしけり　木下夕爾《きのしたゆうじ》
妙なところが映るものかな金魚玉　下田実花《しもだじっか》

「風鈴」「吊忍《つりしのぶ》」「金魚玉」。いずれも軒や鴨居《かもい》に吊って耳に聞く涼しさ、眼にうつる涼しさをたのしむものです。また床の掛け軸なども夏を描いたもの、夏を詠《よ》んだ字句に替え、置物にも配慮が望まれます。とはいえ、風鈴を吊ったから、置物を涼しげにしたからといって温度が下がるわけでもなければ、涼しい風が立ち起こるわけでもありません。せっかくの風鈴も、過剰になればうるさく感じられます。ただ兼好法師が「簀子、透垣のたよりをかしく、うちある調度も昔覚えてやすらかなるこそ、心にくしと見ゆれ」と書き残しているように、この国の人々が、この国で快適に過ごすために考案した知恵の一つ、遺産の一つとして、覚えておけばいいと思われる消夏法です。

このような「夏座敷」の設えも、若い方からはそんなこと何時代のことですかと聞かれそうですが、家庭電化が普及して冷暖房が指一本で間に合うようになるまで、私たちはごく普通にこのような座敷で暮らしていました。

雨戸や障子を開け放てばすぐそこに草木の庭がつづいている、これは日本の民家の特徴です。夜、眠るために蚊帳を吊らねば、蚊の攻勢で大変でした。やがて秋になれば虫の音色を楽しみつつ眠りにつきます。「深き水は涼しげなし。浅くて流れたる、はるかに涼し」にもありますとおり、浅い流れの微かな音に涼しさを覚えつつ、暑い昼夜を過ごします。そんな感性と涼をとる実用を備えたのが「夏座敷」の設えだといえるでしょう。

遠き日の風ぬけてゆく夏座敷

喜代子

半夏生《はんげしょう》

雑節《ざっせつ》の一つです。暦には、二十四節気や五節句のほかに、雑節という季節の移り変わりを知らせる日がいくつか決められています。たとえば「節分」「八十八夜」「二百十日」などです。「半夏生」もその一つで、だいたい七月一日ころです。ことに農事の目安の日として重要な役割をはたしてきました。農家ではこの日までに田植えを終えるというのが、約束事だったのです。

この時期に「半夏」という草が勢いをまして生えてきます。半夏とは薬草として知られたカラスビシャクの漢名です。「半夏」は「半夏生」の略としても使われますが、作句にあたっては混同しないように注意が必要です。

この日、蛸《たこ》を食べるという風習があります。これは植えた早苗が蛸の吸盤のように田に根をおろすようにという呪《まじな》い祈願からきたものですが、じつはこの時期の蛸が一年でもっとも美味しい旬なのです。当節ではデパートなどでも「半夏生の蛸」として売出しをするようになりました。

なぜかこの日の天や地には毒が充《み》ちているといわれ、わが家でも雨が降りこまぬように井戸に蓋《ふた》をしたり、この日、地からのびた野菜は食べないようにということを言っておりました。

坂道も厭わず、自転車で行商にまわっていた魚屋さん。
竿秤ではかっているのは秋刀魚。
昭和31年12月 埼玉県小鹿野町間明平

秋

立秋　処暑　白露　秋分　寒露　霜降

八月 初秋

立秋から処暑のころ

簾《すだれ》と秋簾と

暦の上の「立秋」は、八月の七日前後に当たります。一年でもっとも暑いときで、この日以降に用いる季語は秋だといわれても実感がわきません。秋の季語より夏の季語のほうが合っていると思わせます。晩夏から初秋への実際の気候は、季語の用い方に難しさを感じさせますが、新涼の季語で一足先に秋を味わうのも季語のおもしろさでしょう。

暑い暑いと呻《うめ》いていた夏も、晩夏の夜になるとどことなくそれまでとはちがう気配が漂うようになってきます。かといって「秋の夜」にはまだまだ遠い。そんな夜の気配を表す季語が「夜の秋」です。したがって歳時記では夏の時候（晩夏）の部の最後の季語として採用されています。

粥《かゆ》すゝる杣《そま》が胃の腑《ふ》や夜の秋　原《はら》　石鼎《せきてい》

この句は大正二年に発表されましたが、昭和八年に刊行された『俳諧《はいかい》歳時記』で、「夜の秋」は「夏の土用に入れば、夜は北風吹きて涼しく、宛《さなが》ら秋の如《ごと》くなるよりかく云ふ。と記せる書あれど、よろしからず」と解説されており、この歳時記の編纂《へんさん》に当たった明治生まれの俳人たちの間に夏派・秋派があり、意見が分かれていた様子がうかがえます。古くは「秋の夜」として用いられていたのですが、当節では夏の季語に定着しました。いずれにしても、季節の変わり目の微妙な変化を感じさせる言葉の一つで、「秋の夜」とは違うということを理解して用いたい季語です。

このところ昼夜を問わず、夏のお祭やイベント会場などに集まる若い女性に浴衣《ゆかた》姿がふえてきました。ところが、和服に不慣れなこともあって、ときにアレッと首を傾げたくなるような着付けやふるまいを見かけます。スニーカー姿を見かけたときには、思わず「ちょっとあなた、違うでしょ」と言いそうになりましたが、それでもどなたの表情もうきうきしていて可愛らしいのです。染めも多彩、帯の結びようもモダンで、これは「浴衣ではあるけれど、浴衣とはちがうファッション」だと割り切って見ることにしています。

生地は「藍《あい》染め」の木綿、着るのは「夕方以降」、「素足」に塗下駄、これが祖母、母、私までの時代の浴衣でした。そもそもは「湯帷子《ゆかたびら》」という入浴時、入浴後に着るものだったのが、いつしか夏の家庭着になり、ついに外出着になってしまったのです。クーラーも扇風機もなかった時代の人々の考案した浴衣。ゆるやかに、涼しげに着るのがコツです。

さて暑い夏も過ぎ、暑を避けるための工夫が不用になってきます。「夜の秋」がそろそろ「秋の夜」になってくるころ、身辺にあった団扇《うちわ》や扇《おうぎ》をはじめ夏用の設《しつら》えがあたりの天象や暮らしの運びとそぐわなくなってきます。そんなころの簾が「秋簾」です。歳時記には「秋簾」を主季語としているものもあれば「簾名残《なごり》」「簾の名残」として立項しているものもあります。つまりは、秋になってあたりにそぐわなくなった簾のこと、これが秋簾です。

退院をして来てをられ秋簾　深見《ふかみ》けん二《じ》
しもた屋にまじる小店《こだな》の秋簾　同

夏の間を病院で過ごしておられた方が、涼しくなったころ退院をして自宅に帰っておられた。「をられ」というところに、この方が作者にとって敬う方だったことがうかがえます。「秋簾」はモノとしての秋の簾であると同時に、退院が秋であったという時間の経過を示す役目をしています。

二句目ではしもた屋のつづく町並みがおおきくひらけ、家並みのなかの小店に焦点が絞られます。さらに小店に見える「簾」が秋になってもそのままという景の中の点としてこの句の主役をつとめています。巧みな景のとらえ方であると同時にさびれた小店の印象を読者の目にとどめます。

このように「秋簾」は季節の推移、役目を終えた雰囲気《ふんいき》、これを表現する季語としておおくを語ってくれます。句作の際には、「簾名残」「簾の名残」「簾の別れ」などは避けて「秋簾」を使うほうがいいのではないかと思います。用いる場合には、「名残」や「別れ」がムード過剰にならぬようにすることが肝要です。

外した簾はよく手入れをして、来年まで納めておきます。私は高校時代からこの手伝いをさせられていました。いつしかこれは水洗いでいい、これは固くしぼった布で拭《ふ》くのがいい、綴《つづ》った糸の弱りを繕《つくろ》ったり、そんなことを教わりながら巻いたり束ねたりして納戸にしまいこんでいたのですが、まだ若かったころから、毎年、次にこれを出すのは一年先のこと、そんなことを考えていました。この思いがいつしか、あと何回これができるかしら、こんな日常の些細《ささい》なことがわが一生の秒針の役目をしている、というモノと時間への愛着のよすがになってしまいました。現在ではより強くそれを感じます。季節を送る、まさしく名残です。

簾を外し障子《しょうじ》や襖《ふすま》を入れますと、部屋の風景は一変します。その間に「障子洗う」「障子貼《は》る」など、これも季節とのつきあいです。このような仕事は水が冷たくない時節にしておくことです。

いま思い出して感服するのは、秋口の障子の貼り替え、蒲団《ふとん》の縫い替え、家族の衣服のやりくり、秋になって冬の漬物や味噌《みそ》の仕込み、薪炭《しんたん》の用意などなどを、くるくるこなしていた母たちの世代の日常です。子ども時代から傍で見たり、いささかの手伝いをしたりしてきましたが、いまの私はその十分の一もこなしてはいません。ボタン一つでなにもかもができる暮らしに馴《な》れて、それが当たり前になってしまっているのです。自省しきりです。

しばらくは畳にのべて秋簾　喜代子

盂蘭盆《うらぼん》

俗に「盆・正月」といわれているように、先祖の魂《たま》まつりである「お盆」は正月と並ぶ大きな年中行事です。期間は七月十三日から十六日までですが、地域によって新暦、月おくれの盆、旧暦の違いがあります。多くは「月おくれの盆」で行なっているところが多く、一般の歳時記でも秋の季語として採用しています。

十三日に迎え火で祖霊をこの世に迎え、十六日の送り火で彼岸に送ります。その間、仏前に茄子《なす》や瓜《うり》で作った牛や馬、精進料理の膳《ぜん》や季節の野菜、果物、花、菓子などを供えます。遠くで暮らしている家族や縁者が揃《そろ》うときでもあり、久々に墓参りをしたり故人を偲《しの》んだりするいい機会にもなり、平素のあくせくした暮らしがゆったりした休暇の時間ともなります。

歳時記には「盆」だけでなく、「盆用意」から「盆踊」「初盆」「生御魂《いきみたま》」「精霊流」「送り盆」など、関連季語がたくさん掲載されており、その一つ一つに先祖を思う古人の心根がしのばれます。

わが観天望気

私の一日は、朝、自室のある二階から階下に降りるとき、階段横の小窓から西の空を眺めるところから始まります。お寝坊ですので起床が早かったり遅かったりでなかなか定時観測はできないのですが、それでも毎日の朝の空模様観測は、私のその日の気象現象の目安になっています。気象についての素人《しろうと》がこんな利いた風なことをいうのはおかしいのですが、その根拠のあらかたは非科学的なもので、たとえば古くからいわれていた民間のお天気諺《ことわざ》であったり、祖母や母の常々の「ちょっとした」体験に重ねる私の体験、そこに生まれる我流の観天望気なのです。

梅雨《つゆ》雲に船の炊煙《すいえん》よぢれ合ふ　横山白虹《よこやまはっこう》

いつもとはちがう「炊煙」の様子に梅雨の重い空を見ている句です。このように、煙がこうなったら雨が来るぞ、煙がこう流れたら暑くなるぞ、というような観測です。

祖母が愛用していた土間箒《どまぼうき》は藁《わら》製でした。今年藁《ことしわら》で作ったポテッとした箒でした。ところが、その箒で土間を掃きながら、「今晩あたり一雨来そうだね」と言ったことがありました。私が小学生のころのことでした。どうしてわかるのかを訊《き》きますと、

「箒が重い」との答えで、そんなことがわかるのか、と思ったことが記憶にあります。
その重さは計量機で量る重さとは無縁の、手に伝わる言うに言われぬ「重さ」であり、土間の湿りであったのだと思います。そんな我流の感じで天気を察してゆく、これがいつしか私にも伝わってきて、「なんとなく」わかるというわかり方で、今も空を見ています。

春雨や蜂《はち》の巣つたふ屋根の漏《も》り　芭蕉《ばしょう》

あまり知られた句ではありませんが、芭蕉の嘱目《しょくもく》句です。この蜂の巣はたぶん去年のものでしょう。このように蜂が巣をどこにかけるか、高所かどうか、そんなことに台風の多寡《たか》を教えられることがあります。現代のように科学的見地から天候が開示されるいま、もうかような牧歌的な観天望気は過去の遺物になってしまいました。
せめて、あの黒い雲の塊《かたまり》が動くと夕立がざっと来る、そのくらいは自力で判断できるようにしておきたいものです。

大夕立《おおゆだち》来るらし由布《ゆふ》のかき曇り　高浜虚子《たかはまきょし》

大事なのはこの「来るらし」の予測と、夕立という雨はかならず短時間で止む、ということを呑《の》みこんでおくことです。このことを、「急に降りだした雨はすぐ止む」という教訓に残しています。夕立のように病にも急なものもあれば、じわじわと悪くなったものもある、それぞれに応じた治療が要るということ、急に大金持ちになっても明日は消えるとか、夕立が教えてくれる市井《しせい》の戒めです。

今では、テレビやインターネットでむつかしい天気諸々を気象予報士さんがわかりやすく解説してくれるので、その日の天気の判断を自分ですることはなくなりました。祖母の「藁箒予測」も、私の「小窓観測」も、いわば昭和の名残となりました。

そんな昭和の名残に「饐《す》える」ということがあります。これも観天望気と無縁ではなく、ものの「気」を見分ける大事の一つです。「饐える」は「すえる」と読みますが、これが読めなくなっているくらい、現代の暮らしとは縁遠い字になってしまいました。

「饐える」とは、食べ物が腐り、酸味をおびることです。おもに夏季にご飯が腐ることをいいますが、通常の「腐る」とはやや語感が異なるように思われます。これが歳時記に「飯饐《すえ》る」として立項されています。歳時記ファンにしてもあまり関心がない季語のようです。

線路越えつつ飯饐える匂ひせり　加倉井《かくら》秋《いあき》を

ひとり居の書に溺《おぼ》れゐて飯饐えし　吉田《よしだ》汀史《ていし》

などの例句があります。

冷蔵庫が普及していなかった時代、ことに夏は食べ物、味噌、醤油《しょうゆ》にいたるまで、よく腐ったり黴《かび》が生えたりしました。防腐剤などは無縁の時代でしたから腐って当たり前です。そこで考案されたのが「飯籠《めしかご》」です。ご飯を通称「飯笊《めしざる》」に移し、軒下に吊るしたり、冷暗なところに置いたりして腐敗を遅らせたものです。わが家では腐敗除けに飯笊に移したご飯の上に梅干を二つ三つ置いていました。このご飯を食べたあと、笊にご飯粒が残ります。これを水で洗い集めたのが「水飯《すいはん》」です。飯粒一粒も捨てるということはなかったのです。

僧来ませり水飯なりと参らせん　正岡《まさおか》子規《しき》

水飯を顎《あご》かつ〳〵と食うべけり　高浜虚子

この句の水飯は、残ったご飯を茶漬けならぬ水漬けで出したものでしょう。ことほどさように、空模様から飯の饐え加減までを自分で判断するほかなかったのです。

「賞味期限」などなかったのですから、このご飯はここが限度、この豆腐は夕餉《ゆうげ》までは大丈夫、そんな賞味期限を自らで判断することが当たり前でした。空を見る能力と同じく、この能力も生きもの・人間の大事ではないかと思います。生きものとして本来備わっているこうした能力も封じているうちに退化します。これも大事な暮らしのなかでの生きる力ではないでしょうか。

棒とその影をたしかに夕立《ゆだち》あと　喜代子

籠枕《かごまくら》

籠枕は天然素材の竹や籐《とう》をかご目に編んだ筒型の枕のことです。籐製の製品である「籐枕」や、箱型に編んだもの、寝具というよりは工芸品に近い品などもありますが、出回っているものの多くは竹製の円筒型です。

竹は籐にくらべて廉価で、竹文化圏にある日本では惜しげなく使われる気安さもあり、夏季の安眠用小道具として古くから用いられていた日用品の一つです。

手の届くかぎりに置きて籠枕　森田愛子《もりたあいこ》

来客やしまひおくれし籠枕　阿部《あべ》みどり女《じょ》

「手の届くかぎりに置きて」という句からは、籠枕の在り場所への親しみがよく伝わってきます。昼寝をしていたところへ急な来客があり、「籠枕」をしまう間がなかったという阿部みどり女の句にも親しみが感じられます。これらの句に、

しゅるしゅるとのべて表裏もなき寝茣蓙《ねござ》　森川暁水《もりかわぎょうすい》

蚊《か》遣《やり》一《ひと》すぢこの平安のいつまでぞ

加藤楸邨《かとうしゅうそん》

などを並べてみますと、子どものころに祖母と並んで昼寝をしていたときのことが思い出されてきます。わが家に、もはや竹が飴《あめ》色に化した祖母の愛用の籠枕がありました。籠枕は、寝茣蓙・抱籠《だきかご》・蚊遣・団扇などとともに、夏になると持ち出される身近な午睡《ひるね》グッズの一つだったのです。ところが大人を真似て頭をのせてみても、子どもには高すぎてとても使えませんでしたし、どことなく竹にしみこんだ髪油の色や香が古びて見えて好きになれませんでした。これに「抱籠」があり、これはたまに祖父が使っていましたが、これもなんだか邪魔もののようで、押入れにつっこんだままの日が多かったようでした。

「抱籠」は「竹婦人《ちくふじん》」で歳時記に登載されています。これも籠枕の近隣季語で、同じく竹で筒型に編んだ籠です。寝るときに抱いたり、足をのせたりして籠を抜ける涼しさを恃《たの》みにします。長さも大小さまざまです。円筒形にくびれをつくったりしているところからの名づけでしょうか。「竹婦人」とはなんともおもしろい名です。

くびれたるところがかたし竹婦人

小原啄葉《おばらたくよう》

陶枕《とうちん》に夢の出てゆく穴ふたつ

中原《なかはら》道夫《みちお》

夏の枕で歳時記に入っているものに、もう一つ「陶枕」があります。字のとおり陶器製の枕で、陶のひんやりした感触が暑さを忘れさせます。いかにも堅くて頭が痛いのではと思われるでしょうが、頭にそって少しばかりの曲線が用いられており、ほどよく工夫されていて昼寝のような短い時間の睡眠にはぴったりの枕です。タイル板のような陶片を綴り合わせて普通の枕にのせるものもあります。

エアコン装置やサッシの網戸のなかった時代、夏の夜のむしむしした暑さをやわらげるために、古人はいろいろと工夫を重ねてきました。

「寝茣蓙」もその一つです。敷蒲団の上に敷いてそのひんやりした肌触りで、寝苦しさを解消しようとした茣蓙でおおくは藺草《いぐさ》製です。パナマ製もありますが、ツルッとした涼しい感触は藺草のほうでしょうか。

現代の睡眠に関する医学や人間工学は、枕を重要視した研究分野にも及んできました。おかげでというべきでしょうか、枕が健康にいかに重大な影響を及ぼすかということから、理想的な枕の高さ、柔らかさや堅さ、クッションの素材などがいわれています。

たしかに竹や陶は堅く、長時間の睡眠にはふさわしくありません。だからいつしか身辺から姿を消してしまいました。午睡も畳や板の間に寝茣蓙を「しゅるしゅる」と延べ、蚊遣を用いて横になるより、クーラーで涼しくした部屋のソファでという向きが多くなりました。

日本の枕の変遷をしらべれば、早いところで「竹」使用のものが出てくるでしょう。もしかしたら太い竹を縦半分に割り枕にしたものあたりがはじめだったかもしれません。やがてこれに通気と弾力を加えて籠状の枕を生み出していったことなど、当然の経緯だったのでしょう。睡眠時に頭を預けるものであれば、枕がただの睡眠用品ではない霊性をもったもの、神仏故人への通い道と考えられていたことなどもわかるのです。

おのが身を捨ててもおけず籠枕　村越《むらこし》化石《かせき》

自愛の心をささえるこの籠枕。ふかふかの立派な枕からはこんな感慨は生まれなかったかもしれません。

山の風山へ抜けゆく籠枕　喜代子

終《しゅう》戦《せん》記《き》念《ねん》日《び》

昭和二十年八月十五日。この日以前の歳時記にはない「季語」であり、作例もありません。歳時記には、多く「終戦記念日」で立項されており、おおくの犠牲者への鎮魂のおもいをこめて「敗戦忌」とも呼ばれています。

私は、小学四年生でした。正午過ぎの下校時、級友が息せき切って「敗戦」を知らせにきてくれました。その瞬間、「そんなことはない、嘘《うそ》だ」と返し、しばらく東空のむくむくと湧《わ》いた入道雲を眺めていました。とにかく家に帰らねば、と駆け出したのですが、家では大人たちが板の間に座り込んで肩を落としぼそぼそと話し合っていました。その瞬間、ほんとうなんだと理解し、「日本はどうなるんだろう」と思ったのです。九歳でしたが、九歳ながらに「日本を思った」のです。それまでに受けていた軍国主義の教育下の九歳らしい九歳だと、いまもあの日の幼い愛国心と、着ていたワンピースの柄までを思い出します。

九歳の私が戦争は終わったとは思わずに戦争に敗けた、そう実感したことと、その後の降伏文書調印、敗戦処理、戦後の社会状況などをあわせて、私はかたくなにこの日をいまも「敗戦の日」だと心得ています。その思いは生涯不変です。

変わらないものがもう一つ、七十回以上の八月十五日を過ごしましたが、毎年、同じ方位にあの日と同じ形の入道雲がむくむくと立ちあがっているのです。

九月　仲秋

白露から秋分のころ

重陽～菊の節句～

二〇二〇年の「白露」は九月七日、「秋分」は九月二十二日、「重陽」の節句は九月九日です。五節句などの行事はやはり旧暦のほうが季節の実状と合っています。たとえば、新暦の七月七日の空はいまだ梅雨《つゆ》の重い空であることが多く、天の川がくっきり見えるということが少ないのですが、旧暦の七夕の夜空はたいてい晴れ渡っています。

同じように旧暦九月九日の「重陽」は、新暦ではだいたい十月上旬から半ば過ぎ（二〇二〇年は閏月があるため十月二十五日）。重陽は「菊の節句」とも呼ばれていますが、まさしく菊の花のさかりはこのころです。よく知られた福井県武生《たけふ》（越前市）の菊人形展や東京・浅草寺の菊供養も、十月に入ってからです。

五節句の一つである九月九日の「重陽」は、古代中国では陽数（奇数）の大きな数字である「九」が二つ重なるめでたい日として、いまも年長者を敬う敬老の日となっています。

もう十年も前になりましょうか、たまたまこの日に中国に行っておりましたとき、知人の家族が私のために「おめでとう」の席を設けてくれたことがありました。七十代で立派な敬老の対象者でした。

日本でも平安時代からこの日を「菊の節句」として、菊酒を飲み、菊花に綿を載せて朝露を吸わせた「菊の被綿《きせわた》」で身体を拭《ぬぐ》う風習があったそうです。そうすることで、長寿を保てるという言い伝えがあったようです。また、江戸時代には民間で栗飯《くりめし》を食べたそうです。

朝露や菊の節句は町中も　太祇《たいぎ》

江戸中期の俳人である太祇のこのような句が、当時の町中の様子をよくあらわしています。

重陽や椀《わん》の蒔絵《まきえ》のこと〲し　長谷川《はせがわ》かな女《じょ》

菊の節句の宴でしょうか。上等のお膳《ぜん》の出てくるはなやかな席でのことでしょう。立派なお椀が出ています。それにしてもこの椀の蒔絵はすこし派手だこと、そんな感想が句になったのです。お膳を出した亭主のほうにしてみれば、たぶんご自慢の椀だったのでしょう。

重陽や海の青きを見に登る　野《の》村《むら》喜《き》舟《しゅう》

重陽のころになると、大気も水も澄み、海の青も深みを増して、水平線がくっきりしてきます。その「青」を見るために、高いところに登ってゆきます。山か丘でしょうか、高楼でしょうか。ビルの屋上かもしれません。ただ広々とした青い海のひろがりが見えます。

ひとつづつ山暮れてゆく白露かな　黛《まゆずみ》　執《しゅう》

さて、「白露」は二十四節気の一つです。このころになりますと、朝夕はどことなく秋めいた気配が感じられるようになります。気温も下がって露が生まれます。まだ昼間に暑さの残る時節ですが夜間には草木の葉末に凝った露が見られる、この露を「白」ととらえたのでしょう。やがてくる秋分を境に日々昼間の時間が短くなり、山の姿がひとつずつ日暮れの薄闇《うすやみ》に消えてゆく、黛執の句はそんな時期をよくあらわしています。

秋分の次には同じく二十四節気の「寒露」という日がきますが、はかなさの象徴のような露を「白」や「寒」であらわした古人の繊細な言葉選びに感心させられます。

秋分は秋（つまり立秋から立冬前日まで）の真ん中に当たります。昼夜の長さが同じ日で、太陽が真東から昇り、真西に沈むという日です。この日を境にだんだん夜が長くなってゆきます。

秋分は秋の彼岸《ひがん》の中日でもあり、私が俳句を始めたころ、秋分の日に句座の先輩たちが、大阪・四天王寺《してんのうじ》西門の真ん中に沈む夕日に人々が手を合わせるところに連れていってくれました。このあたりは藤原家隆《ふじわらのいえたか》の夕陽庵《せきようあん》ゆかりの夕陽丘《ゆうひがおか》と呼び習わされており、そこで西方浄土に手を合わせる日想観《にっそうかん》のことを聞かされたものでした。

おばあさんたちが集まって、みなで夕日を拝んでいた姿を思い出します。いまではビル街になってしまいましたが、古来、自然と暦と暮らしの命運とはこのように生まれたり消えたりする運命にあるのでしょう。

秋分が中日となる「秋彼岸」で句作してみるというのもいいかもしれません。彼岸は春分・秋分を中日とする前後七日間ですが、俳句においては単に「彼岸」といえば春の彼岸をさし、秋の彼岸は「秋彼岸」と区別します。

人の世に男女のありて秋彼岸　草《くさ》間《ま》時彦《ときひこ》

秋彼岸山は入り日を大きくす　成《なり》田《た》千空《せんくう》

など、秋彼岸ならではのおもしろさがみえる句です。春の彼岸の男女であれば、若くて楽しげなカップルの明るい声が聞こえてきますが、秋彼岸ともなるとおちついた大人の男女がみえてきて、深みが感じられます。成田千空の「入り日」、これこそが日想観の夕日です。

しだいに外気温が下がり夜の時間が長くなってきて、「夜長」「爽《さわ》やか」「やや寒」「灯火親し」「温《あたた》め酒」などの季語が親しく感じられるようになる時節です。

菊の日の菊の根方のたくましき　喜代子

草《くさ》の花《はな》

秋の野の花、そこらの空地や路傍の秋草に咲く花、これらの草花すべてが「草の花」です。季語の「草の花」は、「秋の七草」として知られる名のある花や園芸で育てた華やかな花よりも、むしろ雑草の類《たぐい》に咲く花をいいます。名も知られていないような草に小さく咲く花。大きな花束にはならないような小さい花であっても、よくよく見れば可憐《かれん》で可愛らしい花です。たぶん、こんな花を句の題や詩のテーマにするなんて、これはもう俳句をおいて他にはないでしょう。

花のいちいちの名は知らなくても、どの花もなんとなく旧知の人にあったような懐かしさを感じさせます。

草いろ〳〵おの〳〵花の手柄かな　芭蕉《ばしょう》

「草の花」へのおもいは芭蕉の昔も、私たちの今も変わりはないようです。「花の手柄」とは、草の花々への最大の賛辞です。

「厄《やく》」という字には、見ただけで気分が消沈する雰囲気《ふんいき》があります。苦しみ、わざわい、災難などを表す言葉が「厄」で、この字を使った厄年、厄回り、厄払い、厄除《よ》けなど、できれば逃れたい、そんなおもいに駆られる言葉が連想されるからでしょう。そんな「厄」のつく厄日とは、災いの日、災難の日のことです。よほどの災難に見舞われた過去の体験があってのこと、そこから「この日はろくでもない日」だよと名づけたものだということがわかります。

暦でいう厄日とは、二百十日《にひゃくとおか》、二百二十日《はつか》のこと。暦に雑節《ざつせつ》（土用、彼岸など二十四節気以外の季節の移り変わりを示す暦日）として記載されています。この日は立春から数えて二百十日目、二百二十日目、ということで、天候の荒れる二百十日は新暦のおおよそ九月の一日か二日になり、それから十日後が二百二十日です。この日にかならず空が荒れるというのではなく、このころに荒れる日、つまり「野分《のわき》」「台風」が日本列島に到来することが多いということです。「野分」は野の草を吹き分けるほどの暴風のことで古典などにもよく用いられていますが、今では「台風」を用いることのほうが多くなっています。雑節である「二百十日」は、歳時記の「秋」の時候の部に立項されています。「二百二十日」はその傍題です。ところが「野分」のほうは「秋」の天文の季語となっております。

この列島に住むわれらの先祖たちは、経験則で台風の襲来をだいたいこの時期と知り、それなりの覚悟と対策を講じたのです。現代のように台風の進路なり規模を科学的に予測することがなかった時代、個々に判断してゆかねばならなかった時代、その目安になったのが二百十日、二百二十日で、これを「厄日」と呼び、大変ですよという意識を喚起したのでしょう。

九月一日は大正十二（一九二三）年に関東大震災が首都東京を襲ったことから、現在では「防災の日」とされていますが、大型台風が来るのもこの前後です。

移り行く二百二十日の群鳥《むれがらす》

高浜虚子《たかはまきょし》

鳥が群をなして移動する、これも大雨大風の予兆でしょうか。蜂《はち》が巣を低いところにつくる年の厄日には注意、そんなことをまことしやかに信じていましたが、一理あるのかもしれません。

木造家屋の多かった昭和、台風が来そうだと、窓や入口に板を打ちつけて難を防ぎました。鶏小屋を筵《むしろ》でかこったり、大事なものを薦《こも》で巻いたりしたものです。

颱風《たいふう》の波まのあたり室戸岬《むろとざき》

高浜年尾《たかはまとしお》

海面から上昇した水蒸気と熱によって大きな積乱雲ができ、その海域に雲の渦巻ができはじめ、熱帯低気圧が誕生し、さらに渦の中心の気温が高くなり、気圧が下がるとこれが台風になる——これが台風発生のおおよそのメカニズムらしいのですが、つまり台風は南の海（北太平洋から南シナ海）から日本に襲来するということです。ですから、沖縄や四国、九州、紀伊半島などが襲撃のルートになりやすく、高浜年尾の句のように室戸岬に大波を見ることになるのです。

葉から葉へとびちる雨も厄日かな

山口昭男《やまぐちあきお》

通常の雨であれば、その雫《しずく》が葉から葉に「とびちる」ことはなく、葉から葉に伝わるように垂れてゆきます。ところが風雨がはげしい時など、雨は無秩序に跳ね、飛び散ります。

台風ははげしい雨や風をもたらします。その結果、河川の氾濫《はんらん》、山崩れ、崖《がけ》崩れなどの災害を発生させます。

科学的な予報や指導のなかった時代、人々は先人の衆智で自衛措置《そち》を考案するほか手立てがありませんでした。住んでいる地域の地勢に応じた治山治水を考えてわが町わが村を守ったのです。稲作の現場で早稲《わせ》、中手、晩稲《おくて》と収穫時期に差をつけて全滅の難を軽減したり、暴れ川の水流を弱める工夫を考案したり、地域に準じたよき方法を模索してきたのです。

先日、山梨の友人に同行を頼んでかねてより見たいと思っていた「信玄堤《しんげんづつみ》」を見に行きました。御勅使《みだい》川と釜無《かまなし》川の出水被害から甲府盆地の人々を守るために考案された堤です。上流からの水量の大を小にすることはできなくても、大きな川の流れを二分して水勢のエネルギーを少なくする、石積みで水勢を軽くする、そんな河川工学に基づく大規模工事を、コンクリートも重機もない時代におこなっているのです。いまも長い籠《かご》に石を詰めた蛇籠《じゃかご》や木を組んだ聖牛《ひじりうし》で台風豪雨で増水した川の勢いを和らげるという工夫がなされており、古人の知恵に感動しました。

降らなくて困る、降りすぎて困る、吹きすぎて困る、吹かなくて困る、その中ほどがいい、これが雨や風への「かくあってほしい」という願いです。稲の花の開花したばかりの時とか、まだ刈り入れまでに少し日数が欲しいという田んぼに強い風雨が襲来しますと、稲の花は駄目になり、田に水が溜《た》まり、重くなった穂は倒伏してしまいます。台風の去ったあと、これを刈るのは厄介です。古い時代から、農民たちは風祭りを行なって大風大雨を鎮め、稲を守ってほしいと祈り、「五風十雨」を願ってきました。

火の国の厄日過ぎたる陸稲《おかぼ》の香　大島民郎《おおしまたみろう》

今も昔も「厄日」を前に、田畑に、山川に大事が起こらぬように、これをひたすらに祈ることに変わりはありません。

お隣の瓦がここに台風禍　喜代子

小鳥《ことり》

秋になると、冬を日本ですごすために北方から雁《かり》、鴨《かも》、鶴などが渡ってきます。これら大型の鳥と同じように、連雀《れんじゃく》や鶲《ひたき》のような小型の鳥もやってきます。こんな秋の小鳥をまとめて「小鳥」または「小鳥来る」といいます。「小鳥」が季語なのならわが家のペットのカナリヤも、春の鶯《うぐいす》も小鳥ではないの、そんな質問があるかもしれませんが、季語の「小鳥」は、秋の山野に渡り鳥として飛来する小鳥のことをいいます。

海を越えて南の日本へ来る小鳥、日本列島の北から南に国内を移動する小鳥、山地から里に下りてくる小鳥、これらも「小鳥来る」です。

小鳥来て午後の紅茶のほしきころ　富安風生《とみやすふうせい》

ちょっと一休みしたい、そんな日の午後、秋の小鳥が目に入ったのです。ゆったりした時間の伝わる句です。

秋袷《あきあわせ》

日常を和服で過ごさなくなってもうずいぶんになります。洋服というものを着たことのない明治生まれの祖母、第二次世界大戦後ようやく夏だけを洋服で過ごしていた大正生まれの母、そんな環境であったせいか、若いころ、私もかなりの和服党でした。ところが洋服の動きやすさや、手入れの簡単なことなどに慣れてきますと、ついつい洋服一辺倒になってしまい、和服を着ることが少なくなってしまいました。

着るまへの束の間ほせし袷《あわせ》かな　原《はら》　石鼎《せきてい》

セルを着て村にひとつの店の前　飯田龍太《いいだりゅうた》

芥子《けし》も一重衣も単《ひとえ》風渡る　松本《まつもと》たかし

羅《うすもの》に衣《そ》通る月の肌《はだえ》かな　杉田久女《すぎたひさじょ》

日没ののちの八重山上布《じょうふ》かな　黒田杏子《くろだももこ》

祭浴衣《ゆかた》老獪《ろうかい》にして汗かかず　行方克巳《なめかたかつみ》

「袷」「セル」「単衣《ひとえ》」「羅」「上布」「浴衣」などは、歳時記の夏の部の季語として採用されている「夏の和服いろいろ」です。これらを時や場所に応じて着用します。

当節では、地域差、空調設備の有無、個人の好みなどに応じて、いろいろにあった約束や規制が無視されるようになりました。かといって、暑いから五月一日に羅で出かけたり、昼下がりの会議に浴衣で出たりして、それをファッションの自由だというのも、けじめのないことです。いくら上等でも「浴衣」や「ネル」で正餐《せいさん》の席には出られません。

そんな約束ってだれがきめたのかといわれると、返す言葉がないのですが、たとえばお葬式の喪服は黒、成人式には振袖《ふりそで》、という約束はだれがきめたのかといわれて即答できないのと同じです。

簡単にいうなら、上代、中古の貴族階級が公事《くじ》や儀式に用いた約束が、すこしずつ変化しながら一般社会の服装の約束に影響してきたということでしょう。現代の女性の和服は、近世の「小袖」という簡単な着物が基になっており、また色の約束はこの国の季候に合わせて用いられていた平安期の「襲《かさね》の色目《いろめ》」が基本になっています。

現代の暮らしのなかに残っている「更衣《ころもがえ》」の約束では、旧暦四月一日から端午《たんご》の節句までは「袷」、八月までは帷子《かたびら》（単衣のものから上布など）、重陽の節句の九月九日からが「袷」。新暦採用の明治以降、この約束を合理化して官庁、学校などの制服は、六月一日から夏服、十月一日から冬服ときめたのです。和服も春の袷を「春袷」、秋の袷を

「秋袷」と呼んでいます。その日取りはかってほどきっちりとはしていなくて、秋、冬、春が袷、その程度の分け方で、日取りよりは布の素材、色、柄などのほうを重んじています。

おおよその目安は、九月に入り大気が爽《さわ》やかになれば袷がふさわしくなります。これが「秋袷」です。「後の袷」という言い方もありますが、日常の言葉としても、句作にも仰々しすぎます。

秋袷になれば、付属の小物などがすべて夏から秋にかわることも、和装の楽しみの一つです。

つゝましや秋の袷の膝頭《ひざがしら》

前田普羅《まえだふら》

「膝頭」にその人の暮らしぶり、つつましい人となりなどがよくでています。立ち居のたびになにかに触れたり擦れたりする着物の膝は、他の部分以上にいたみます。それをうまく部位交換して傷みをかくすのも、和服世代の女性たちの始末のしどころでした。この始末という言葉を現代風に言い換えれば「ものを粗末にしない」でしょうか。着物としては着られなくなっても、飴《あめ》の包み紙ほどのサイズの残布は継《つ》ぎ接《は》ぎして小物を作ったり、果てはお手玉にしたりして、織物を捨ててしまうということはまずありませんでした。

喪主といふ妻の終《つい》の座《ざ》秋袷　岡本《おかもと》　眸《ひとみ》

作者の夫君が急逝された翌日の句です。作者四十八歳のときです。十月七日に倒れた夫が翌日には還らぬ人となられたのです。通夜、葬儀、その他、悲しむ間もなくあれこれと「この世」の用が押し寄せます。その都度、作者は妻としての立場で喪主のなすべきあれこれをこなしてゆかねばならない。時期が秋だったから「秋袷」だというところを越えた思念を感じさせます。

秋袷早々《はやばや》たまふ灯火《とうか》かな　中村汀女《なかむらていじょ》

この句の季語は「秋袷」ですが、それ以上に秋を感じさせるのは、日暮れがはやくなって早々と明かりをつけなくては、あたりのものが見えなくなるというこの句の「時間」です。他季の着物では中七《なかしち》の「早々」も下五《しもご》の「灯火」も生きてはきません。このように説得力をもった言葉として機能させるのが本来の季語でしょうね。

平安時代の女房たちの五衣《いつつぎぬ》という五枚重ねの袿《うちぎ》という合わせ仕立てや、単衣などを重ねるときの色合いや、男性の直衣《のうし》や狩衣《かりぎぬ》の表裏の色の配色を「襲の色目」といいますが、たとえば秋の「黄紅葉《きもみじ》」「女郎花《おみなえし》」「菊」「紫苑《しおん》」「百合《ゆり》」「竜胆《りんどう》」などのようにこの色目の名が季節ごとに美しく、このいちいちに「表の色は白、裏は蘇芳《すおう》」などときまりがあり、その色を表すすべてが植物や自然界の色で表されているのです。まずそれらを知らなければ、二色の配合の生む世界を想像することはできないでしょう。

かさねとは八重《やえ》撫子《なでしこ》の名なるべし　曾良《そら》

『奥の細道』「那須」の曾良の句です。春の色目に「撫子」があり、旅の途中に出会ったかわいい女児カサネちゃんの名に「襲」が連想されたことが窺《うかが》えます。ちなみに「撫子」の色目は表が紅梅で裏が青。この伝統は現在の「袷」の裾回《すそまわ》し（八掛《はっかけ》）の色目にも生きており、なにかと参考になります。

「秋袷」のついでに、歳時記の四季の着物関係に目を通してみてはいかがですか。

母生きて在《あ》れば幾歳秋袷　喜代子

千振《せんぶり》引《ひ》く

千振は「せんぶり」と読みます。これを「引く」など、たぶん若い方にはなんのことやらおわかりにならないのではないかと思います。

千振は、秋に竜胆《りんどう》に似た紫の筋の入った白い花を咲かせる野草です。「当薬《とうやく》」という苦い苦い胃薬の原料です。かつてはその薬を自家用として調達していましたので、山野に千振採集に行っていたのです。それを「千振引く」といいます。

わが家では祖母がこの役目をこなしていましたので、散歩のようなうきうきする気分で祖母にくっついて「千振引き」に行ったものでした。集めた千振を陰干しにして、胃薬としたのですが、この千振の苦いこと苦いこと。なんとも苦いのです。籠《かご》の千振をしたたか触って、その指を舐《な》めただけでしかめっ面です。

祖母といっしょにお風呂に入って苦かったことを話し合っていたとき、祖母が、千回湯の中で振りだしてもまだ苦いのでこの名がついたのだということを教えてくれたのです。草の名をおもしろいなと思ったことを作文に書いて、先生に褒《ほ》められたという思い出があります。

今も、私の胃薬はなじみの漢方薬店で調薬してもらった「当薬」です。

十月 晩秋

寒露から霜降のころ

秋深まるころ

暑い暑いに明け暮れた七月から九月が過ぎると、いつしか本格的な秋の気配に気づくようになります。そんな秋の暦にはじめて「寒」とか「霜」という寒さを知らせる字が現れるのが、二十四節気晩秋の「寒露」と「霜降」です。二〇二〇年の日取りは寒露が十月八日、霜降が十月二十三日となります。

寒露とは秋も深まり野原や畦道《あぜみち》、道端などの野原に宿る露が冷たく凝ることをいいます。秋もおわりに近づき、はじめて霜が降りる、これが霜降です。

お手元の歳時記の秋の部の時候に「爽《さわ》やか」「秋麗」という秋の心地よさを連想させる季語につづき、「身に入《し》む」「やや寒」「そぞろ寒」「肌寒」「朝寒」「夜寒」とあり、つづいて「冷《すさ》まじ」「秋深し」がありますが、この国の風土で暮らしてきた私どもには、言葉や文章では説明できないけれど、肌身や感覚などでこれらのもつ季節感が理解できます。

あまり季節に関係ないという暮らしをしておられる方でも、またはどんなに鈍感であっても、ああ秋だとか、もう秋もおわりだ、ということを無意識のうちに感じ取っておられると思います。

やや寒の頬《ほお》突いて出す紫煙の輪　秋元不死男《あきもとふじお》

うそ寒の身をおしつける机かな　渡辺水巴《わたなべすいは》

どちらもごく至近に見る仕種《しぐさ》です。もっとも禁煙の場所が多くなった今、「紫煙の輪」を見ることは少なくなりました。この二句の「やや寒」と「うそ寒」とではどう違うのですかと訊《き》かれても、これらは温度計で計ることのできる温度差ではありませんので返事に困ります。

寒露から霜降のころ、田んぼの稲が稔《みの》り、畑の芋や藷《いも》が大きくなり、田畑に豊穣の好季がめぐってきます。山には茸《きのこ》が生え、里には栗《くり》や柿などの生《な》り物が実ります。海からは鰯《いわし》や秋刀魚《さんま》の豊漁の報せがとどくのも秋のたのしみです。この秋の旬の食材は「食膳《しょくぜん》カレンダー」として子どものころの私の記憶に鮮明に残っています。台所を預かる母や祖母の会話や、これらを使った料理を見るともなく見て、食べるともなく食べて、いく度かの秋を繰り返しているうちにいつしか記憶の襞《ひだ》に染みついた季節の「食膳カレンダー」です。

鰯汲《く》む夜は妻子も脛《すね》ぬらす　佐藤鬼房《さとうおにふさ》

「鰯汲む」というところに、この魚が一尾二尾と数えるものではないことが見て取れます。スコップで掬《すく》ってバケツに移す、そんな光景をリアルに書きとどめた句です。

わが家でも鰯を買い込んでいたのを思い出します。あれは「背黒鰯」と呼ばれていたカタクチイワシでした。他にもマイワシ、ウルメイワシなどがあります。多く出回っているのはマイワシだとのことです。

たくさん捕れた時には干鰯《ほしか》にして田畑の肥料にしていました。この鰯を撒《ま》いた際に田畑から流れてくる強烈な臭い、鼻をつまんで歩いたものです。

どっさりの鰯をあれこれと料理して「ばっかりおかず」の工夫をしていたのも、性能のいい冷蔵庫などない時代の母世代のお母さんたちの腕でした。ちなみにこの「ばっかりおかず」とは、旬の時期にコレばかりを食べなければならない、そんな料理事情をいう言葉です。毎食、茄子《なす》ばっかり大根ばっかり、そこで料理法を考え、朝は味噌汁《みそしる》の実に、夜は煮物に、明日は酢の物に、と工夫を凝らさざるを得なかったのです。旬への関心が薄らぎ、食材の種類が増えた今でも、旬のものを食べるときの工夫、ここは大事なことであるように思います。

鰯のもっとも簡単な食べ方は塩焼き、煮付、てんぷら、摘《つ》み入《い》れ、新鮮であれば刺身、なますなどでしょう。鰯を料《りょう》るとき、包丁は使いません。頭をちぎり、腸《わた》を取り、親指の腹を骨にそって押し、身と骨を分けます。普通、下ろした魚は洗うということをしませんが、鰯には「鰯も百回洗えば鯛《たい》になる」という言い習わしがあります。

私は小ぶりな鰯を摘み入れでよくいただきます。それと漁師さん直伝のなます。鰯を割き酢水で洗い、これにたっぷりの下ろし大根を盛り醤油《しょうゆ》で味をつけ、葱《ねぎ》、生姜《しょうが》の絞り汁、七味などを薬味につかいます。

鰯雲鰯いよいよ旬に入る

鈴木真砂女《すずきまさじょ》

秋を代表する雲が「鰯雲」です。うろこ状の雲が空いっぱいに広がります。この雲が見られるようになると鰯が豊漁だとも、鰯が捕れるようになるとこの雲が空を覆うともいわれていますが、つまりは鰯は秋の魚、鰯雲は秋の雲、ということです。小料理屋さんを営んでおられた鈴木真砂女の句がそこのところをうまく言い表しています。

この鰯料理で骨が余り物となりましたら、廃棄せずに骨煎餅《ほねせんべい》にするというのも工夫の一つです。塩水で洗い、よく水気を切って焼くか揚げるかするとカリカリとしておいしくいただけます。

当節では、環境の問題や国際情勢などが絡み漁業漁場の事情が微妙に変わってきました。願わくは、庶民にもっとも近いところにいる鰯がいつまでも廉価で口にはいりますように、と願うばかりです。

鰯焼く両の目のまだぱつちりと　喜代子

柿色の日本

日本人の主食である田の稲穂がみのる秋は、畑の甘藷《かんしょ》、自然薯《じねんじょ》、里芋、馬鈴薯《ばれいしょ》、黍《きび》、稗《ひえ》、蕎麦《そば》、豆などの準主食の収穫の時節でもあります。山には栗《くり》や木の実、里には柿その他の果実が実ります。昔むかし、こんなに数々の食糧の実る秋はどんなに待ち遠しかったことか、どんなに嬉《うれ》しかったことか、想像するだけで人々の収穫の喜びの声が聞こえてきます。とはいえ、やがて冬がくることを考えれば、秋は衰退の季節です。早々と暮れる日を惜しみつつ、昔の人たちも感傷にふけったことでしょう。でも保存のきく食糧が採れる秋は、嬉しい季節であったにちがいないのです。秋は、野のものが枯れ、ものの実らぬ冬の命を繋《つな》ぐための大事な季節だったのです。

ゆえに天候異常や不可避な事情で収穫が順調でない場合、想像できないような不幸な出来事が生じるのです。口べらしのために子どもを川に投げ込み捨てる、屍肉《しにく》を食べる、山野の木の根、木の皮、草という草、壁土のなかの苆《すさ》までを抜き出して食べるなど、残る記録を目にするだけでおそろしくなります。

里ふりて柿の木もたぬ家もなし　芭蕉《ばしょう》

豊かな在所の某家への挨拶《あいさつ》句だとのこと。句の景としては、この里のどの家にも柿の木があるということですが、おそらく、米が不作でも柿の実がなれば少しでも生き延びることができる、そんな思いで植えられた柿だったのだろうと思います。

昭和のはじめのころまで、嫁入りの荷に柿の苗木を添えたものです。

柿うましそれぞれが良き名を持ちて　細谷《ほそや》喨々《りょうりょう》

産地ごとに異なる名、形ごとに異なる名、甘柿系渋柿系それぞれで異なる名など、柿につけられた名にはまさに「それぞれが良き名を持ちて」となるのです。

柿は、秋の果実としてもっとも親しいものの一つですが、ちなみに、秋だけでなく、ほぼ一年を通して「柿にまつわるモノとコトバ」があります。それを「歳時記に見る柿の一生」として頁《ページ》を繰ってみましょう。

まず夏の「柿若葉」「柿の花」「青柿」、秋の「渋柿取る」「柿」「甘柿」「渋柿」「熟《じゅく》柿《し》」「干柿」「柿紅葉《もみじ》」、冬の「柿落葉」。夏の「柿若葉」から冬の「柿落葉」まで、一本の柿の木にこのような季節の変化が見られるのです。冬が過ぎ春になると、木にさ緑の芽がツンと出てきます。かつては「柿の葉三枚、牛蒡《ごぼう》の蒔《ま》き時」という、農事の合図になっていました。春になり、柿の木に葉が三枚ほど出てきたら、春蒔き牛蒡の種を蒔く時期だよ、そんな合図です。ちなみに「牛蒡蒔く」は春の生活季語です。
　このころになると、葉は日毎に大きくなり、やがて「柿若葉」の季節になります。

ほつとして籐椅子《とういす》に居る柿若葉　富安風生《とみやすふうせい》

　柿の葉がてらてらと輝く季節になるとかならず思い出す句です。「ほつとして」いる心身の様子がわがことのように感じられます。その感じをもたらすのは「籐椅子」であり、それ以上に「柿若葉」のすこやかな輝きです。

柿の花こぼるゝ枝の低きかな　富安風生

　この柿の花は、たぶん初夏に籐椅子から眺めていた柿の木の枝に咲いた花でしょう。この花の白が消えると小さい実がふくらんできます。日毎にふくらみ青い柿の実となります。青柿です。柿渋をとるのはこの青柿です。
　これから柿が色づいた実になるまでは、他の植物と同じく、五風十雨の力がたのみです。

やがて、濃い朱色の柿の実が実ります。柿といえば、

柿くへば鐘が鳴るなり法隆寺《ほうりゅうじ》　正岡子規《まさおかしき》

が、柿への挨拶のように舌頭に浮かんできますが、この句は柿の代表句というより、俳句の代表句ともいえる句でもあります。いわば標語のような親しみがあるのです。

柿には甘柿と渋柿があります。その種類は多く、甘柿の代表は富有柿《ふゆうがき》、御所《ごしょ》柿などで、木から捥《も》いですぐ食べられます。渋柿は渋抜きをするか、干柿にするかです。

藁《わら》くづのついて干したて吊《つる》し柿　星野立子《ほしのたつこ》

柿の木の葉の紅葉はうつくしく、「柿紅葉」という季語があるほどです。この葉が落ちるのが「柿落葉」。

柿は実だけでなく、その葉の一生も見事です。

柿色の日本の日暮柿食へば　加藤楸邨《かとうしゅうそん》

この「柿色」には柿の実だけでなく、あたりの田畑の景、柿の実に群がる鵯《ひよどり》や鴉《からす》の声などが入っているように感じられます。まさに「柿色の日本」です。

干柿は甘味の少ない時代のお菓子代わりであり、保存食品として大事でした。古く新年小正月の行事に「成《なり》木《き》責《ぜめ》」がありました。柿の木に向かって秋に「成るか、成らぬか」を問い、「成ります」という返事をもらうという村の予祝行事です。

当節、若い方に柿は人気下降、あまり食べなくなりましたが、柿にはビタミンＣやビタミンＡが豊富に含まれています。ぜひ食べていただきたいものです。

青柿にこれからという日数かな　喜代子

農事の季語

稲作の現場を見たことのない方も、歳時記に「耕《たがやし》」「田打」「畦塗《あぜぬり》」「代田《しろた》」「種選《たねえらび》」「種浸《たねひたし》」「種下《たねおろ》し」「種蒔《たねまき》」「早苗《さなえ》」、「溝浚《みぞさらえ》」「代掻《しろか》く」「田植」「田草取」「植田」「青田」「田水沸《わ》く」、「鳥威《とりおどし》」「稲刈」「稲架《はさ》」「稲干す」「稲扱《いねこき》」「籾《もみ》」「籾摺《もみすり》」「秋収《あきおさめ》」「新藁《しんわら》」「藁塚」などが季語として立項されていることはご存じでしょうし、これらの季語で句を作ったという方も多いでしょう。これらの季語は、なにもかもを人の力でやっていた時代の春から秋までの稲作の作業工程のあらかたです。これに「水口祭《みなくちまつり》」「早《さ》乙《おと》女《め》」「早苗饗《さなぶり》」「牛馬冷す」「案山子《かかし》」「鳴子《なるこ》」「虫送《むしおくり》」「夜庭」「俵編み」などが加わります。

かつてこの作業で米づくりを実行してこられた方々は、そうだよ、そうだよ、これを朝早くから夜遅くまでやってたんだよ、今は楽になったが昔はつらかったね、とかつての農作業を思い出しておられるだろうと思います。今は飯米農家や、規模の小さい田や機械の入らない山田を耕作しておられる方々以外は、よほどでないかぎり鍬《くわ》や鎌、牛や馬に代わるトラクターやコンバインなどの大型機械や、除草のための農薬を駆使してこれらの作業をおこなっておられます。それも多くは高齢者です。

新わらにふはり〳〵と寝楽哉《かな》　一茶《いっさ》

腰下ろす今年の藁の弾力に　西山《にしやま》 睦《むつみ》

母郷に帰ったような安堵《あんど》感が柔らかく伝わってくる句です。一茶は「新藁」にもたれて昼寝中、西山睦は同じく「今年《ことし》藁」に腰をおろしています。江戸後期を生きた一茶、現代の西山さん、この二人の句に共通しているのは、藁がふわっとした弾力をもっていることです。この「ふんわり」の藁は、その根方にまだうっすらと緑色を残し、新藁特有の匂いをとどめています。これがとても心地よいのです。でなければ、体を横たえたり、座ったりしたくなるような気分にはならないでしょう。そしてこの心地よさは人だけではなく、猫にも通うのでしょう。

新藁の香のこのもしく猫育つ　飯田《いいだ》蛇笏《だこつ》

さて、過般、都市育ちの女子大生三人に「藁って知ってる?」と聞いてみました。三人とも、言葉は知ってはいるけれど見たことはない、とのことでした。

以下は、そんな女子大生の「藁ってなあに」への説明です。

冬の間、眠っていた田の土を耕し土塊《つちくれ》を砕きます。この「耕」から始めて、育った稲を刈り取ります。これを天日干しにして稲扱（脱穀《だっこく》）をして、籾と藁に分けます。

つまり「籾」とは、「イネ」という一年生作物の果実で、この籾の皮（籾殻《もみがら》）を落とした粒が「米」なのです。古い俚諺《りげん》に〈藁はお米の親じゃもの〉がありますとおり、「藁」とは、稲から籾を落とした茎と葉のことで、今年収穫した米を新米、今年米というように、藁を新藁、今年藁といいます。

現今の高性能のコンバインは、一度に稲刈、脱穀を済ませてしまい、同時によけいものの藁を一〇センチくらいに刻んで、そのまま田の土に散らします。籾は大型乾燥機で乾かしますから、稲架の風景を見ることもありません。女子大生が知らないのは当然、もしかしたら、大人の多くも米や藁のことなど知らないのではないかと思います。

だったら、次の句の「はちきれるまで」の「今年藁」とはなんでしょうか。

納屋のはちきれるまで詰め今年藁　片山《かたやま》由《ゆ》美《み》子《こ》

昭和中期ころまで、私たちの身の回りの日用品の多くは自然素材で作られていました。藁もその素材の一つでした。ロープとしての縄、米を入れる俵、穀物などを入れる叺《かます》、敷物の莚《むしろ》、家畜小屋の敷物や秣《まぐさ》（家畜の餌《えさ》）、草履《ぞうり》、草鞋《わらじ》、雪沓《ゆきぐつ》、蓑《みの》、壁の苆《すさ》（藁を刻んで壁土の繋《つな》ぎに練りこむ）、畳床、火鉢の藁灰など、数えればかぎりなく思い出されます。それらに用いるための藁を納屋で保管しておくのです。縄を綯《な》ったり、俵を編んだりする仕事もみな自前だったのです。秋の夜長の夜なべ仕事を「夜庭」といいます。

藁塚に一つの強き棒挿され　平畑静塔《ひらはたせいとう》

「藁塚」も新藁の保管方法です。籾を落とした藁を、刈田に積んでおき、必用に応じて使ってゆくのです。この句のように心棒を立てて円形に積んでゆく方法や、棒を用いないものなど、地域によっていろいろです。

いま一つ、今年藁、もしくは穂の出る前の稲で作るものに注連《しめ》のような神具があります。私どもが新年に飾る注連も今年藁を使います。そのための新藁を特別にとっておいて、年末に注連飾り用に左捻《ひね》りに仕上げておくのです。

まつさをの藁に砧《きぬた》や注連作　柏崎夢香《かしわざきむこう》

歳時記の例句で覚えた句です。「まつさをの藁」を柔らかくするために、藁の根方に軽く水を打ち、砧でトントンと打つのです。

稲の実は皮を落として「米」という食糧にしますが、実の皮（籾殻）もそれなりに役立っていました。身近なところで、卵や林檎《りんご》の保管に利用したことを覚えておいでの方もあるでしょう。それにもまして役に立つのが藁でした。使い朽《く》ちれば燃やせばいいのです。放っておけば腐り、土に戻ってしまいます。

そんな藁、それも「今年藁」は、神具から草鞋まで、幅広く私たちの暮らしを支えていたのです。その藁を使わなくなったいま、代わりに出てきたもののあらかたは化学製品です。これは土に還ってくれませんし、燃やすと有害なものが出てきます。藁の匂いを覚えている世代の一人である私など、時に藁を用いていたかの日を、なんて贅沢《ぜいたく》だったのかと思うことがあります。

　雪国では籾殻や藁屑《わらくず》を焼いて黒い灰にしておき、早春の雪の畑や道に撒《ま》きます。そうして雪解けを促します。

夕風の背に軽き日の今年藁　　喜代子

秋収《あきおさ》め

春に耕しを始め、施肥、田植え、取水、除草などに心を配り、秋になって稲刈り、稲扱き、籾摺りなどを行ない、今年米を俵や袋に納めます。田んぼに散乱したままの藁屑や畦《あぜ》の雑草などをまとめて焼いたり、農機具の片づけをしたりして、野外での農作業を終えます。無事に終わったことを祝って「秋仕舞い」の宴を開いたり、「鎌祝い」と称して農具をねぎらう祭を催したりして喜び合います。

そのやり方や名称は地域によってさまざまですが、今年も無事に収穫することができたという田の神への感謝と、これで冬が越せるという安堵《あんど》の表れであることにおいて共通しています。田植えの日からこの日までの間、ひどい風雨の害や冷夏などの被害もなく、五風十雨の恵みをうけて無事に実りの秋が迎えられたということは、この上もなく喜ばしいことです。

当節では、田植えから稲刈りまでに機械がもちこまれ、人手を煩《わずら》わせることが少なくなりました。農作業を共同で行なう「結《ゆい》」という互助制度も見られなくなりました。稲作にかかわる神事や、秋祭の内容からかつてのような敬虔《けいけん》な祈りが薄らぎました。

夕暮れの畦に立ち、田の白い煙を眺めるとき、しみじみと「今年の秋も終わりだなぁ」という感慨を深くします。古来、日本人が見てきた秋収めの煙です。

冬

立冬
小雪
大雪
冬至
小寒
大寒

蝮を焼く囲炉裏に地下足袋の足をおく。
昭和30年12月 埼玉県小鹿野町林

十一月

初冬

立冬から小雪のころ

冬支度のしるし

日本列島の北から南までを、猛暑、大雨、洪水、山崩れなどで苦しめた異常気象の夏や秋も去り、いつの間にか「立冬」「小雪」を迎えるまでになってしまいました。思えば、季節の移り変わりはいつも「いつしか」「どことなく」という常套《じょうとう》語をまといながら確実に次の季節に移ってゆきます。

立冬と言葉も響き明けゆく空　高柳重信《たかやなぎじゅうしん》

二〇二〇年の「立冬」は十一月七日、それから十五日のちの十一月二十二日は「小雪」です。立冬は文字どおりこの日から冬ですよという日なのですが、十一月初旬の立冬のころはまださほど寒くもなく、むしろ秋たけなわといえるような好季節です。

田からは新米が、畑からは芋や豆が、野山からは果実や木の実などが届く稔《みの》りの秋の集大成のような時節です。

　そんな時期にしきりに鳴きはじめるのが鵙《もず》です。

汐風《しおかぜ》の中より百舌《もず》の高音かな　惟然《いぜん》

　鵙はキーッ、キーッ、ギャ、ギャと高い突き刺さるような声で鳴きます。「鵙の高鳴き」といわれているように、字に書いて伝えることがむつかしい声を響かせます。鳴くというより叫ぶという鳴き声です。

　昭和三十年代の中ごろだったでしょうか、時折目にするいくつかの俳誌に「鵙高《もずたか》音《ね》」を下五《しもご》に用いた句がよく出ていました。惟然の句の「百舌の高音」の「の」を外した言い方です。この流行が私どものささやかな句会にもおよび、句座の年配の女性が〈鵙高音布団綴《と》じ針直に刺す〉を出句し、この句の良し悪しがその日の話題になったことがありました。作者のお名前もお顔も記憶にないのに、句だけを覚えているのが不思議です。私にはいいのやら、よくないのやらさっぱりわかりませんでしたが、ひそかに使ってみたいなぁと思ったものです。その後、努力してみたのですが、とってつけたような妙な句ばかりで、初学の身にはしょせん無理でした。

モズは鵙とも百舌、百舌鳥とも書きます。まるで舌が百枚あるかのように鳴く声が耳につくのでこの表記が当てられたのでしょう。秋、わが家のあたりにも鵙や鵯《ひよどり》がかわるがわるやってきます。時々こっそり観察をするのですが、一見した全体の印象は灰色です。尾が長く、大きさは二十センチくらいでしょうか。

鵙には餌《えさ》として捕獲した蛙《かえる》とか蜥蜴《とかげ》などの小動物を木の枝に刺すという習性があります。これを「鵙の贄《にえ》」といい、歳時記に季語として立項されています。生捕りにした獲物をあとで食べようとしているのか、寒い冬の越冬食にしようとしているのか、遊んでいるのか、よくわからないのだそうです。時々からからに干乾びた鵙の贄を見かけることがありますが、どうやら鵙は獲物のことは忘れているらしいのです。せっかく捕ったものを忘れるなんて、鵙って馬鹿だなぁと言い合います。

てつぺんはかわくかわくと鵙の贄　小《こ》檜《ひ》山《やま》繁《しげ》子《こ》

高いところに自分の獲物を置き、わがテリトリーを誇示しているのかもしれません。この鵙のキィーが聞こえると、母は「鵙の高鳴き七十五日」と言っていました。「鵙の高い鳴き声を最初に聞いた日から七十五日すると寒くなります。さあ、冬支度をはじめなさい」の合図だというのです。家庭の裏方役であった祖母や母は、台所歳時記とでもいえるような自然暦を口伝《くでん》で暮らしのなかに活かしていましたので、私も幼いころからこの「鵙の高鳴き」を聞くたびに「ああ、冬がくるのだ」と察したものでした。

昭和の三十年代くらいまでだったでしょうか。商店街で氷冷蔵庫の氷を配達してくれていたお店が、冬になると薪炭《しんたん》を商う店に代わるのです。極端な代わりようでしたが、夏の氷も冬の薪炭ももっぱらこのお店に頼っていました。

蒲団《ふとん》や着物の縫い替え、これだけでも大変なことです。蒲団綿を打ち直し、蒲団を仕立てます。いまできあがった蒲団のふかふかした心地よい感触が蘇《よみがえ》ります。春に着ていた普段着を解いて洗って、伸子《しんし》張りや板張りで糊《のり》付けをして冬用の衣服をととのえる。年々大きくなる私や弟のセーターを編み替え、足袋《たび》の繕いや家族の防寒小物を揃《そろ》えるなど、母はさりげなくこなしていました。冬季用の漬物を漬け込み、今年豆で味噌《みそ》作りをはじめます。建具のほころびを繕ったり、火鉢用の藁灰《わらばい》を作ったり、部屋を冬の設《しつら》えに変えたり、裏方あっての冬支度でした。

冬来れば母の手織の紺深し　細《ほそ》見《み》綾子《あやこ》

母の母である祖母の代の女性たちは、機《はた》を使って反物からを自分で調達したとのこと、丹波《たんば》育ちの細見綾子の母上もその一人だったようです。紺という色が冬の引き締まった季感をよく表しています。

「立冬」のころはまださほどきびしい寒さではないのですが、やがてそこここに冬の気配が感じられるようになりますと、富士山に初雪が降りました、瓢湖《ひょうこ》（新潟県阿賀野《あがの》市）に白鳥が飛来しましたなどのニュースが聞かれるようになります。ついこの間まで「命にかかわる暑さです」などと注意されて水を飲んでいた異常気象の夏が嘘《うそ》のように遠く感じられます。

家庭電化製品が家にあふれ、テクノロジー優先の時代となっても、「鵙の高鳴き」に七十五日先の冬の到来を思い知ることなど、知っておいてもいいのではないかと思うのですが、これも前世紀の遺物となるのでしょうか。

駅までをひたすら歩く朝の鵙　喜代子

たかが大根、されど大根

畑《はた》大根《だいこ》皆肩出して月浴びぬ　川端茅舎《かわばたぼうしゃ》

引き抜き時期を迎えた畑の大根の様子です。畝《うね》から肩を出している様子がまことに抒情《じょじょう》的にとらえられています。いまも、大根畑を目にするたびに思い出す句です。

大根《だいこ》引《ひき》大根で道を教へけり　一茶《いっさ》

臨場感たっぷりの句です。肩を出して月を浴びていた大根もやがて引き抜かれます。

夕月に大根洗ふ流れかな　正岡子規《まさおかしき》

流れ行く大根の葉の早さかな　高浜虚子《たかはまきょし》

畑から引き抜いてきた大根をいきなり井戸端や台所に持ち込まず、まず川で泥を落とします。かつてこのような光景をよく目にしたものです。この二句とも、眼前の「流れ」が句の眼目になっています。二句を並べてみますと、まるで二人が同じ川で大根を洗っているように見えてきます。
この大根の土を落とし、いよいよ食材として扱われることになります。

大根を刻む刃物の音つゞく　山口誓子《やまぐちせいし》

なにもない台所に大根が一本あれば幾種類かの料理ができます。半身を煮大根、おでん、風呂吹《ふろふき》などにしたとして、残りの半身でなます、サラダ、下ろし大根、味噌汁の具などが賄《まかな》えます。一般に大根といえば「根」である白いところです。

この大根の九五％は水分です。これに澱粉《でんぷん》や糖質を分解する酵素が含まれており、消化を助ける役目をしますので、胃のむかむかなどに有効です。

ビタミンやミネラルの多いのは葉の部分です。これをポイと剝《は》ねて捨てているのをよく目にしますがこれはもったいない。葉は葉で炒《い》り煮にすると結構な一品になります。

青くびの大根煮つけ予後の膳《ぜん》　角川源義《かどかわげんよし》

「青首大根」の根は円錐《えんすい》から円筒、頸部《けいぶ》はみどりで外皮は白、辛みがなく水分が多いところから、一九八〇年代から人気の出た品種で、現在も大根売場の花形です。

ようやく病気が治り、久々に病院食から解放された日の食卓に出た大根の煮つけ。煮汁の旨味《うまみ》をたっぷり吸った柔らかいこの日の大根はどんなにおいしかったことでしょう。青首大根なればこその柔らかさです。

大根が一番うまし牡丹鍋《ぼたんなべ》　右城暮石《うしろぼせき》

大根にはこれといった強い味がなく、出しや煮汁、スープやソース、ドレッシングなどをそのまままみずからの味にしてしまいます。
また大根は、生で料理に活用するほか、保存用に漬物にしたり干したりします。

老の仕事大根たばね木に掛けて　西東三鬼《さいとうさんき》

真白な掛大根の一日目　太田土男《おおたつちお》

この句は大根を四、五本ずつ束ね、竿《さお》や木の枝などに掛けて少ししんなりとさせているところです。好みの干し加減になったところで、塩と糠《ぬか》に漬け込み、沢庵《たくあん》漬にします。歳時記では「沢庵製す」「大根漬く」で冬の生活の部に立項されています。最近の歳時記には「沢庵」だけで季語にしているものもあります。

妻と我沢庵五十ばかりかな

島田五空《しまだごくう》

いわゆる四斗樽《しとだる》に一杯程度だということでしょう。島田五空は明治から大正にかけて活躍した秋田県の俳人です。当時、雪深い地では漬物がたっぷりあることで長い冬期を無事に過ごすことが当たり前でした。だが妻との二人暮らしとなれば一樽で十分、そんな句です。

わが家では、この沢庵漬に柿の皮を干してからからにしたものを入れていました。柿の皮にほのかに残る甘味を大根に移すのが狙《ねら》いだったのですが、とくに甘くなっていたとは思われませんでした。

現在、大根はヨーロッパダイコン、中国ダイコン、日本ダイコンに大別されるとのこと、他国ではどのようにして食べているのか、覗《のぞ》いてみたいものです。

日本ダイコンは地域によって数百におよぶ品種に分化しているのだそうです。とっさに思い出せる名に、練馬《ねりま》大根、三浦《みうら》大根、守口《もりぐち》大根、桜島《さくらじま》大根、聖護院《しょうごいん》大根などがあります。それぞれに形や大きさが異なり、大別すると長いもの、丸いものに分けられます。練馬大根、三浦大根など長いものが主流というなかで、丸系代表は聖護院大根、桜島大根。世界最長は守口大根。この細くて長い大根は守口漬として人気があります。

すゞしろや春も七日を松の露　鳳朗《ほうろう》

鳳朗は江戸後期、熊本の人。「すずしろ」は大根の別称です。古句などには「清白」と書かれることもありますが、「蘿蔔」と書かれている句もあります。この「すずしろ」は春の七草の一つです。正月料理やお酒で弱り加減の胃腸を整えるのに有効です。「たかが大根、されど大根」などと囃《はや》されることもありますが、大根は一年を通して食生活になくてはならぬ食材だといえるでしょう。

大根を断つ一閃《いっせん》に始まる日　喜代子

障子《しょうじ》知らずとも

もう二十年も前のこと、俳句の好きな青年たちとの懇談で、「麦秋《ばくしゅう》」が話題になりました。私以外、揃《そろ》って「麦秋風景を見たことがない」というのです。そのときは、言葉では知っていても、見たことがない物や事は山ほどあるよねというようなことで有耶無耶《うやむや》になったのですが、日本の田で、稲の裏作の麦を作らなくなったのですから、麦秋風景を知らなくても当たり前だと思ったのです。しばらくして三重県の友人から「今年は雨も少なく、麦のできがいい」というはがきが届きました。とっさにこれを見に行こうとにわか吟行を企て、みんなで出向きました。

そのときの句を見ながら、こういうことで「麦秋」を知ったといえるのか、何年か先で彼らが出会うべくして出会うのが知るということではないのか、などと思い悩みましたが、まあ知らないよりはいいかというところに落ち着きました。

ところがその逆もあって、物は知っていてもその物の名、つまり言葉を知らないということもあるのです。たまたま、縁があって出会った小学二年生幾人かと話をしたとき、昔の遊びが話題になりました。私が「障子」のスクリーンで影絵を楽しんだことを話しましたところ、二、三人をのぞき「しょうじ」がわからないらしく、きょとんとしているのです。そこで絵を描いて「こういうの、見たことないかな？」と訊くと、声を揃えて「ああ、それだとある」と言う声が耳に届きました。ハイカラなマンションや、和室がなく障子も畳もないという住宅も珍しくない当節ですから、こういう話題には気骨《きぼね》が折れますが、つまりアレが「しょうじ」という名を持つ物だと知らなかったのです。たぶん彼らの生活のなかでそれが家族相互の話題になることもなく、季節と深くかかわることなど知る機会がなかったのでしょう。

思えばこれも無理からぬところで、いまや自宅で「障子洗う」ことも、「障子貼《は》る」ことも、「障子外す」「障子入れる」ということもなく、子どもたちにとって障子は近くにあっても遠いもの、無関心のものになってしまったのです。

いぶせきに障子を白く替へにけり　山口誓子

障子はる影もろともに老いにけり　西島麦南《にしじまばくなん》

障子張るひとりの影をうつすべく　桂《かつら》　信子《のぶこ》

しづかなるいちにちなりし障子かな　長谷川素逝《はせがわそせい》

そんないま、これらの句の背景にある四句四様の心情を伝えることなど至難です。

いわんや、

ふりむけば障子の桟《さん》に夜の深さ

長谷川素逝

の、「桟に及ぶおそろしいほどの静寂」の説明など、筆舌には尽くしがたいように思われます。むしろ説明しないほうが句の真意を崩さないのではないか、と思います。

床の間、床柱、違い棚、畳、畳縁《たたみべり》、敷居、鴨居《かもい》、欄間《らんま》、襖《ふすま》、障子、濡《ぬ》れ縁《えん》、上《あが》り框《がまち》、雨戸、戸袋、その他あれこれ、日本家屋には固有の名称があります。むつかしい物の名はともかくとして、これらのなかでもっとも身近なのが、障子、襖、畳でしょうか。

先述の「障子洗う」「障子貼る」「障子外す」「障子入れる」など、いずれも歳時記に登載されている季語です。これらの先頭にあるのが「障子」でこれは冬、冬支度のために「洗う」「貼る」は秋。洗った障子に紙を貼り、その障子に守られて寒い冬を過ごします。障子の纏《まと》う風光がやわらいできた気配をほのかにうつすのが「春障子」で、これは春の季語。梅雨《つゆ》が明け、夏越《なごし》を迎えて暑くなるころに夏座敷に設《しつら》えるために「障子外す」のは夏、それを入れる「障子入れる」は秋。というように、たかが和紙一枚の建具をめぐる季節の変化を季語にまでした、古人の繊細な季節とのつきあい方に脱帽してしまいます。

朝やけも夕やけも映る障子かな　原《はら》石鼎《せきてい》

障子しめて四方《よも》の紅葉を感じをり　星野立子《ほしのたつこ》

きのふより濃き月光の障子なる　篠原《しのはら》梵《ぼん》

一枚の障子明りに伎芸天《ぎげいてん》　稲畑汀子《いなはたていこ》

など、障子そのものではなく、和紙を通して感じられる戸外の気配。目には見えない光や物を詩の境地に高めている句です。

和紙という日本古来の紙は、楮《こうぞ》、三椏《みつまた》、雁皮《がんぴ》などを原料にして、寒中に手漉《てす》きで作ります。丈夫で、その保温効果はガラスより高いとのことです。破れやすい下部分に板を嵌《は》めた板付き障子や、中ほどにガラスを嵌めたガラス障子など、住居の場所によって用いる障子が違っていました。

洗ひをる障子のしたも藻《も》のなびき　大野林火《おおのりんか》

貼り替へて障子に桟のなきところ　河野静雲《こうのせいうん》

年配の方なら「そうだった」と思い出されるのではないでしょうか。川や池のあるところではこれを利用し、または井戸端や風呂場のような水をふんだんに使えるところで、古い障子の桟の埃《ほこり》や糊、桟に残った紙をたわしや布で落とし、陰干しにします。貼るときには桟の糊代《しろ》が上から下に被さるようにして貼ってゆき、あとで霧を噴いて和紙をしゃんとさせます。

障子が真っ白になった日、まったく異なった世界が始まったような気分になります。と同時に、冬の到来を感じたものでした。

「桟のなきところ」とは、たぶん腕白坊主の仕業でしょう。兄弟喧嘩《げんか》で犠牲になるのは、まず障子でした。紙の破れたところを修繕するときに、障子紙と繕う紙の間に楓《かえで》の葉を挟み込んだり、修繕の紙を桜のかたちに切ったり、そんなちょっとした工夫こそが、知識や情報で知る季語世界ではなく、ほんとうの季節とのうまいつきあい方だったように思われます。

こんな些細《ささい》なことをさり気なく積み重ねてゆく。麦秋を知らない青年たちも、障子を知らない小学生たちも、日頃の暮らしのなかでこんなこととのつきあいを重ねてゆけば、この国の季節への親和が自前のものになってゆくのではないか、そう思います。

亡き人の亡きこと思う障子かな　喜代子

小春《こはる》

歳時記には、日常会話ではあまり使うことのない言葉が季語として多く採用されています。「小春」もその一つでしょう。

春という字があるのでよく春の季語と間違えられることがありますが、これはれっきとした初冬の季語です。「小六月《ころくがつ》」ともいい、立冬以後のまだ寒さの到来しない冬初めの穏やかな日和《ひより》のことで、旧暦十月の異称でもあります。「小春日和」「小春凪《なぎ》」のように「小春ナニナニ」で穏やかなこの時節を言い表しています。

古家のゆがみを直す小春かな　蕪村《ぶそん》

松島の波裏もまた小六月　高野《たかの》ムツオ

江戸時代の句にも現代の句にもしばしば使われている言葉ですが、日常の会話で「今日は小春ですわね」と聞くことは稀《まれ》です。

ほんとうの春ではないけれど、ちょっとした春のよう、そんなところからの名づけでしょう。今昔、年間を通して、人がもっとも過ごしやすい季節、望ましい季節は春だということがわかります。

十二月　仲冬

大雪から冬至のころ

「冬至、冬なか、冬はじめ」

いよいよ十二月です。決まり文句と思いつつ、ついこの間まで暑い暑いと呻《うめ》いていたのが嘘《うそ》みたい、とうそぶいてしまいます。猛暑につづく豪雨、地震、台風、などが「厄日《やくび》」前後にひどい災害を列島のあちこちに残してゆきました。これらの原因のどこかに地球温暖化による海水温の上昇があると知れば、当節の災害はすべて天災だとはいえなくなります。

　そんな災難の後始末も終わらないままに冬に入り、やがて十二月七日の「大雪」、二十一日の「冬至」を迎えます。

「大雪」という二字を目にすれば、だれだって雪がたくさん降るのだ、寒さのピークだと思います。ところが統計上からみて、列島全体がほんとうに寒くなるのは年が明けて「小寒」を迎えるころ、つまり年末からお正月過ぎあたりからだとのこと。太平洋側に暮らす私の知るかぎりにおいて、「大雪」のころにはまだまだ厳寒という日は少なく、晴天の日がつづき、雪を目にすることはめったにありません。とはいうものの十二月の寒さにもそれなりの厳しさはあり、衣食住ははや完全なる冬仕様となります。

　日暮れの早さが目に見えてくるのが十二月に入ってからです。夏であればまだまだ明るい夕方の五時がもう暗くて電灯がなくては字が読めません。

　北海道の最北、沖縄の最南までの列島の場所によってかなりの違いはありますが、東京の二〇二〇年の十二月一日の日の入りは「十六時二十八分ころ」。ちなみに、夏至のある六月の一日では「十八時五十二分ころ」です。この差は大きく、秋の季語の「夜長《よなが》」、冬の季語の「短日《たんじつ》」という言葉が生まれて当然と納得させられます。日本各地においても、同じようにこの差は大きく出てくるように思います。

為《な》すことの多ししみ〴〵日短か　星野《ほしの》椿《つばき》

　まったくこの句のとおり、片づけなくてはならぬ用は山のようにあるのに、日暮れが早く何をする間もなくあたりが暗くなる、外にいても帰宅をそそのかされるようでなんとなく気が急くばかり、「ああ、日が短くなったなぁ」と思います。

この句の「日短か」は「ひみじか」と四音で読みます。このような場合、私は「ひ」、わずかに間をおき、一気に「みじか」と音読します。「日短し」と五音にするより、短日の切迫した気分は「ひ・みじか」と弾けるような音感を残すほうに強く出るように思われます。

一章を読みそれからの夜長し　綾《あや》部《べ》仁《じん》喜《き》

書物の一章を読み終えた、これから寝るまでまだ時間があるぞ、さて何をしようか、いわばこの句の「夜長」とは贅沢《ぜいたく》な時間なのです。この「夜長」は秋の季語です。歳時記には、冬のおわりの「日《ひ》脚《あし》伸ぶ」、春の「日《ひ》永《なが》」、夏の「短夜《みじかよ》」「明易《あけやす》し」、秋の「夜長」、冬の「短日」「暮早し」など、昼と夜の時間の移行を言葉にした季語が多く採用されています。この列島で暮らす人々は、これらの言葉の意味する季語の現象がパッと移ってゆくのではなく、少しずつ動いてゆくことを身をもって知っています。この微妙な変化、これを暮らしのしるべとして季節を送り、次の季節を迎えるという「あわい（間）」を心得つつ衣食住の計りをたて、暮らしを滞りなく運んできたのです。

冬至までひと日ひと日の日暮かな

草間《くさま》時彦《ときひこ》

日本のある北半球での「冬至」は、昼がもっとも短く、夜がもっとも長くなります。冬至の日の太陽は低く、ものの影が長くなります。そんな冬至を前にして、昼夜の変化を「ひと日、ひと日」と思っているという句です。とはいえ、特別に意識して「昨日はこうだ、今日はこうだ」と深刻に考えているというのではなく、時の流れを自然に感じつつ「やがて冬至だな」と実感している句です。

私の祖母や母がよく「冬至、冬なか、冬はじめ」と口にしていました。立冬と立春までの日数のちょうど真ん中あたりに冬至がきて、そのころからが「冬のはじまり」で寒くなりますぞ、という合図でした。風邪をひかぬようにと、本気で柚子湯《ゆずゆ》をたて、自宅栽培のあまりおいしくない南瓜《かぼちゃ》を炊き、子ども時代の私と弟にはおいしく食べさせようと、コロモの分厚い精進揚げにして食べさせてくれました。ついでに揚げてくれたさつまいも、子どもながらに、イモやカボチャはおいしいものだと思ったことでした。

また、冬至には「ん」のつくものを五つ食べるとよいというのが古くからの言い伝えで、大根《だいこん》、人参《にんじん》、蓮根《れんこん》、蒟蒻《こんにゃく》、そして南瓜《なんきん》（カボチャ）、これらを食べました。どれにも「ん」が入っています。要は寒い時期には冬野菜で体を温め、風邪予防をという古人の知恵でしょう。その多くは根菜であり、加熱して食べます。これは現代の人にも通じます。いまも「冬至南瓜」を食べる風習が残っておりますが、冬にこれを食べるというのはとてもいいことです。ＩＴ時代のお子さんたちにも言い残したいことの一つです。

柚子湯して柚子とあそべる独りかな　及川《おいかわ》　貞《てい》

いくつになっても黄色の柚子といっしょに入る柚子湯には疲れを癒し、遊びごころを誘い出す魅力が満ち満ちています。柚子の香が湯をまろやかにしてくれます。
冬至が過ぎたころから、本格的な寒さが日本列島を覆います。やがて「寒の入り」です。風邪にご用心、ご用心。

日短いつもふさがっている両手　喜代子

懐炉・その来歴

夏が好きか、冬が好きか。これはよく話題になります。概してお若い方は夏が好きといわれるようですが、年寄には夏の暑さをしのぐことは重荷となります。いわんや当節のような体温なみの暑さの襲来には、気力体力がついていけなくなります。私もその一人で、はやく寒くならないかなぁと暑さの弱る日を心待ちにしているのです。夏と冬の間の秋、冬と夏の間の春。これはただただ心地よく、季節にたいして苦情をいうことなくほどよき気温をありがたく過ごしてしまいます。

さて、暑い夏も去り、秋も終わり冬到来となりますと、身辺は「冬仕様」になります。衣食住の要がころりと変わります。戸外の樹木の囲いをしたり、室内の建具、簾《すだれ》などを替えたりし、暖房具の支度、寝具、衣服を冬用にするなど、寒さに備えます。

母の時代は蒲団の縫い替えからが大変でした。中綿を打替え、外布を洗い、ふかふかの蒲団にするのです。学校から帰ると「その角をきゅっと引っ張りなさい」と蒲団縫い替えの母の命令での手伝いです。その他、沢庵《たくあん》、白菜の漬物、炭や薪《まき》の算段、夜は夜で子どもたちの冬用セーターを編むなど、母が休んでいることはありませんでした。

そんな冬支度の一つに、祖父母用に懐炉を出し、懐炉灰を揃《そろ》えるという用がありました。そのころの懐炉は、薄い鉄板容器でできており、中に着火した桐灰《きりばい》を棒状にした懐炉灰を入れて用いるというものでした。大きさはやや小さい今の眼鏡ケースくらい、これの表にビロードやネルなどを張り、身体にくっつけて暖をとったものです。

明けくれの身をいたはれる懐炉かな　　高浜《たかはま》虚《きょ》子《し》

灰が順調に火をつくり、暖を無理なくもたらしてくれるのであれば懐炉の効果も上々なのですが、懐炉灰が湿気ていたり、着火が完全でなかったりで、うまく火にならず途中で消えてしまえば、もう懐炉の役は果たせません。

その逆もあるわけで、こんな句もあります。

入れて来し懐炉があつし映画館　　及川《おいかわ》　貞《てい》

寒い日だったのでしょう。せっかくの懐炉がぽかぽかを通りすぎて熱い、外出先であるだけにちょっと困ります。ごそごそと懐炉を取り外す努力をされたことだろうと察します。

温石《おんじゃく》の抱き古びてぞ光りける

飯田蛇笏《いいだだこつ》

懐炉に先立つものに「温石」があります。石を火で焼き布に包んで身を温めたものです。年配の方でしたら、焚火《たきび》などしたあと、火の中の石がいつまでも熱い、そんなことをご存じの方もあるでしょうが、飯田蛇笏の句の温石はどうやら特定愛用のもののようです。長く使用している内にぴかぴかしてきた石だったのでしょう。長野県の伊那高遠《いなたかとお》産の温石石と呼ばれているものがあったとのことですから、これが愛用の石だったのかもしれません。

何かで身を温める、その歴史は古く、中古の焼石、その後の温石、塩を焼いたものを包んで暖をとることもあったそうです。その何かに蒟蒻《こんにゃく》が使われることがありました。私の弟が幼児期にお腹が弱く、母が蒟蒻を茹《ゆ》で、手拭《てぬぐい》で包んでお腹に乗っけて温めていました。

懐炉灰を用いた懐炉の次に流行《はや》ったのがニッケル製の平らな容器で揮発油を用いたもので、これはスマートなものでした。父が愛用していたものを、寒い日の外出に借りたことがありましたが、ほどよい暖かさで、これはいいものだと思った思い出があります。

用済みの使ひ捨て懐炉のごはごは　桑原《くわばら》三郎《さぶろう》

私がいいものだと思っていた揮発油を用いた白金《はっきん》懐炉をおおきく変えたのが、現今主流となった「使い捨てカイロ」の出現でした。好きなところに使える、かさばらないなど、とても便利です。初期のものは、この句のとおり冷えたあとはゴワゴワにかたくなりました。

今では柔らかく、暖かさもほどよく、どんなファッションにも使えるという利点があります。なにかにつけ「使い捨て」用品が出現するのを苦々しく思っている私ですが、このカイロに関してのみ、いいなぁと思っているのですから、少し恥ずかしい限りです。

少し涼しくなると、もう商店街の日用品店にサービス品としてこの使い捨てカイロが山盛りに積まれています。母があれこれ冬支度をしていたように、私もこの山盛りをはやばやと買いこみました。この使い捨てカイロのお蔭《かげ》で冬の行動が楽になりました。まさしく冬支度です。

使ひ捨て懐炉死ねば即座に剝《は》がさるる　栗林《くりばやし》千津《ちづ》

高齢で明るい病者だった栗林千津さんは〈火葬の時熱いのはこまる万緑〉など、みずからの近未来を明るく句にしていた方でした。この「即座に剝がさるる」というリアリズムも妙に愉快です。この明るさも「使い捨て」という軽さに通ずるものでしょう。

たかが懐炉ですが、焼石、温石、懐炉灰、揮発油、などの変遷を経て、「大発明」といわれる今の使い捨てカイロまで、さまざまに人の身を温めてきました。人間とはあれこれ考えるものだ、つくづくそう思います。

ありなしの嵩《かさ》の懐炉を旅の荷に　喜代子

炭《すみ》の火の暮らし

暑さにうんざりした夏が去り、爽《さわ》やかな秋にホッとしていると、たちまち冬が到来します。テレビのコマーシャルや大型電気店の店頭に、いろいろの暖房器具が出揃い、「さあ、寒い寒い冬がきますよ。準備はいいですか」と呼びかけます。これに節電とエコ何々がつきまといます。だれもが、ああ寒くなるのだと気分を冬のほうに向けて、地域や家族に応じた衣食住の算段をします。

この算段はいわば晩秋の季語の「冬支度」です。私の母は、「鵙《もず》の高鳴き七十五日」をいよいよ冬だよ、用意はいいですかの合図にしていました。それまでに、蒲団の縫い替え、綿入れの段取り、漬物の漬け込み、薪炭の用意などを終えていました。なにもかもを人手でこなしていたころの人たちの季節への覚悟には、この国で生きてきた先人たちの知恵が詰まっていました。

納屋《なや》のもの取り出してあり冬支度　上村占魚《うえむらせんぎょ》

春、夏、秋を納屋で過ごしたもの、たとえば「ストーブ」や「火鉢」、それに関連する「炭斗《すみとり》」など、雪国の方でしたら「雪かき」の道具などを納屋から出します。

筆頭にあかぎれ膏《こう》や年用意

水原秋櫻子《みずはらしゅうおうし》

こんな句もあり、たしかにそうだと思いました。触れただけで飛び上るほど痛い「皸《あかぎれ》」を膏薬で護り、家の内外の冬支度に臨みます。

いずれにしても、まずは暖房のための薪や炭と用具です。空気調節を電気やガスに頼らない時代の暖房のほとんどが「薪炭」でしたから、これを怠《おこた》ると大変です。真っ先に、冬の間の薪炭の調達をします。持ち山がある恵まれた家では年間の薪炭を自足できますが、そうでない家とか都市生活者は一切を購入しなくてはなりません。

盛岡生まれで東京住まいだった山口青邨《やまぐちせいそん》は、郷里の炭を取り寄せていたようです。

東京に南部の炭の大俵

山口青邨

主な木炭の生産地として知られているのは、岩手、北海道、長崎、高知などです。良質の櫟《くぬぎ》を主にした千葉県の佐《さ》倉《くら》炭、大阪府の池田《いけだ》炭は茶道の炭として珍重されるブランド品です。

さて、炭の原料は木です。木には幹の堅いもの、軟らかいものがあり、これと炭窯での焼き具合が炭の硬軟を決め、それぞれの用途を決めます。

かんかんと炭割る顔の緊りをり　石田《いしだ》波郷《はきょう》

この炭は堅炭です。材料は楢《なら》・樫《かし》・栗《くり》などです。火力が強く、いわゆる火持ちがいい炭なので、炭火でもてなす焼肉屋、焼き鳥屋ではこの炭を使っているようです。ことに知られているのは、紀州の備長炭《びんちょうたん》でしょう。まず、炭窯から出したままの長さの炭を専用の鋸《のこぎり》で挽《ひ》いたり、軽く叩《たた》いたりしながら炉や火鉢のサイズに揃えます。

安炭のはしたなき音して熾《おこ》る　富安風生《とみやすふうせい》

「安炭」は悪い炭というわけではなく、着火の早い軟らかい炭で、櫟や楢で作る炭です。その炭が熾《おこ》るとき、にわかにパチパチと火花を飛ばします。それを「はしたない」ととらえた句ですが、それとなく気どりのない「安炭」への愛着が感じられます。

通常、炭は茅《かや》で編んだ「炭俵」に入れて運ばれたり、売られたりしますが、量り売りもよく利用されました。

おもしろや隣もおなじはかり炭　一茶《いっさ》

はかり炭買ひゐるところ見られけり

森川《もりかわ》暁水《ぎょうすい》

小分けした炭を買うのが「はかり炭」。これを買ったのが一茶と森川暁水です。ちなみに暁水は「昭和の一茶」「貧暁水」と呼ばれていた清貧の俳人でした。「はかり炭」は、合理的でいいと思うのですが、この二句から察するにどうも恥ずかしいことだったようです。

この炭を用いる場合、煮炊きには「七輪」を、暖をとるには「火鉢」「火桶《ひおけ》」「手あぶり」「炬燵《こたつ》」などを用います。保温に優れているのは藁灰でしょう。この火をうまく差配できるのが往時の女性の腕の見せ所で、豆粒ほどの火種をフウフウ吹いて炭を熾します。火鉢の傍から離れる際には、炭火を灰の中に埋めておきます。これが「埋《うずみ》火《び》」です。

火を埋めて寝るまでにまた時が経つ

山口《やまぐち》波津女《はつじょ》

炭そのものではないのですが、木炭や石炭の粉を布海苔《ふのり》で固めて団子状にした燃料が「炭団《たどん》」です。さらに小型のものが「豆炭《まめたん》」。いずれも煮炊きや炬燵に用いました。それに「練炭《れんたん》」という円筒形の塊《かたまり》に縦穴を通した長時間対応の固形燃料があります。

専用の火鉢を使って火勢を調節しながら使うと一日中ホカホカと暖かく、ことこと炊く煮物にはとても便利です。

「炭」やそれに準じた固形燃料を用いる際に注意しなければならないことは、換気と火事でしょう。かつての日本家屋のように襖《ふすま》や障子《しょうじ》や欄間などの間仕切りの多い家屋とちがい、サッシなどの密閉機能のよい家屋の増えた現在では、ことに換気に気配りが必要です。また可燃性の製品が増えた今、火事にも注意することです。

火を入れしばかりの火鉢縁つめた　星《ほし》野《の》立子《たつこ》

ひやっとしたあの感じ。久しく陶製の火鉢を使っていなかったのですが、この句が思い出させてくれました。やがて火鉢全体が温まり、部屋の空気も温まります。

冬の家族を火鉢一つに集め、談笑のひとときをもたらした炭。そんな時代を思い出します。

夜の闇《やみ》にまぎれて残る池田炭　喜代子

日記《にっき》買《か》う

十二月に入ると、書店や文房具店に日記帳や手帳がならんだ特設コーナーが目につきます。デザイン重視のもの、ペットの写真をあしらったもの、ひたすら実用に徹したものなどいろいろです。

この「日記買う」は歳末の季語ですが、新年になりますと「日記始」「初日記」などになります。日々の記録を丁寧に書き残す人もあれば、年末に買った立派な日記帳が三日でムニャムニャになり、以下真っ白という人もあります。

毎年きまった仕様のものを買う人、新規のものを買う人などで売場は込みあいますが、だれもが来る年がいい年でありますようにという思いをこめてこの売場に寄ってくるのです。

年用意《としようい》

歳時記で冬の部・生活の歳末の季語を見てゆくと、「年用意」のあとに「年の市」「節料物《せちりょうもの》」「飾売《かざりうり》」「煤掃《すすはき》」「松迎《まつむかえ》」「餅搗《もちつき》」「年忘」「年湯」「晦日蕎麦《みそかそば》」等々が続きます。歳時歳事に詳しい大判の歳時記になりますと、さらにさらに多くの歳末季語が採収されており、新年を迎えるのにこれほどのことをなさねばならぬのかと驚くほどです。これらがかろうじてわかるのは年配者にかぎり、若い方にとってはなんのことだかわからないという季語ばかりでしょう。

新年を迎えるということは、年神様を迎えるということです。ひたすら神様に失礼のないように心配りをする、それが「年用意」の本意です。

平素の汚れを落とし、新藁《しんわら》で注連《しめ》を張って清浄な域であることを表し、正月飾物として鏡餅を供えます。これらを揃《そろ》えるためのこもごもが「年用意」です。この一切は十二月十三日の正月事始《ことはじめ》の日を開始日とします。

天気のいい日に外回りの片づけや掃除、薪炭《しんたん》の調達、雨の日や夜なべに台所の小物入れや神具仏具の掃除など、わが家での総指揮官は母でした。母はほどよく差配しつつ、蒲団《ふとん》の縫い替えから家族の春着《はるぎ》の調達、正月用漬物の仕込みから、餅搗きの段取りなどをすませ、大晦日までにはきちんと迎春の支度ができていました。コツは「年用意」の内容の大小をうまくこなすことです。

煤払《すすはらい》

正月事始の日を待ってまず取り掛かったのが「煤払」でした。かつては家の中に煤の出るかまど、いろり、炭火などがありましたので、平素手の届かなかった電灯の笠とか、天井の隅とか、額の裏とかの一年間の煤や埃《ほこり》を掃う「煤払」は年に一度の大掃除でした。

この日、司令官役の母はまことに颯爽《さっそう》としていて、私は完全に母の子分でした。「バケツの水を替えてきなさい」に始まり、雑巾《ぞうきん》を絞れば「もっとキュッと固く絞って」「脚立《きゃたつ》を押さえて」などなど、子どもながらこの日の段取りと要領を覚えたものです。晴れた暖かい日に大がかりな戸外の煤払を済ませ、雨の日や夜なべに戸棚の隅とか台所の引き出しなどを掃除するのです。なにしろ「お正月様」をお迎えするのですから、「煤払」は家内をきれいにするという歳末伝統の重大行事だったのです。

この日、床についている病人やあまり役に立たない老人や男性などは、別の部屋へ移ったり碁会所とか理髪店などに逃げていました。これが「煤籠《すすごもり》」「煤逃げ」です。この日の風呂が「煤湯」。部屋の中がきれいになり、ひそかに「お正月様」を待つ気分になったものです。

新年正月

小寒
大寒

薪を肩に、獅子と語らいながら歩む道。
初春の陽は暖か。
昭和32年1月 埼玉県両神村大堤

今戸海老一分家

一月　晩冬

小寒から大寒のころ

「正月」の変貌《へんぼう》と歳時記と

私がいままで生きてきた歳月のなかで、もっとも変貌の大きいもの、それは「正月」すなわち「新年の到来」にまつわるもろもろです。家電や通信機器などをはじめとする便利で速くて機能的なモノや道具が身辺に出現して暮らしの様式が大変化したことも仰天の連続でしたが、大変化は、長く日本人の精神の軸となってきた祭の柱であった「正月」の変化です。正月を迎えるときの「あたらしい時間の到来」「なにもかにもが改まる心構え」に対する気分とその気分をかたちにした行事の変化です。

年新た嶺々山々に神おはす　飯田蛇笏《いいだだこつ》

いつも眺めている山への新年の挨拶《あいさつ》の句です。大晦日《おおみそか》までざわざわしていた空気が元旦を迎えたところでシーンと鎮まるのですから、まことに不思議です。この粛々とした気配を「淑気《しゅくき》」といいますが、このなかで交わされる挨拶が「年賀」です。

親しいもの同士であっても、新年になりました、おめでとうございます、本年もよろしくご厚誼《こうぎ》をおねがいいたします、という挨拶をすませます。その後に、年酒《ねんしゅ》や節《せち》会《え》料理を振る舞ったりもしますが、玄関先で挨拶をすませる「門礼《かどれい》」で辞すのが普通です。

年始にも老《おい》の一徹見られけり

高浜虚子《たかはまきょし》

節季おりおりの挨拶も最後はむにゃむにゃとなりがちですが、この高齢者は、丁寧に年始の言葉を述べているのです。それがなんとなくおかしい句です。このように知人や親戚などに年賀の挨拶にまわる人を「礼者《れいじゃ》」といいます。

ややありて女のこゑや門礼者

岸田稚魚《きしだちぎょ》

かつては、三が日に女性が年賀に出向くということは少なく、出かけたとしても「ややありて」くらいの距離で後ろに控えていたのです。そんな時代背景もあって、女性の年賀客を「女礼者」と呼びます。

女礼者らしく古風につゝましく

高浜虚子

女性の地位向上を志向する向きには、このようなばかばかしい季語が歳時記にあることなど不愉快でしょうが、歴史の一端として残しておいていただきたく思います。

新年にかぎらず、めでたいときに述べる挨拶を御慶《ぎょけい》といいますが、礼者が述べる挨拶もその一つで、「御慶」で新年季語になっております。改年の御慶すなわち年賀で、よく知られた句に〈長松《ちょうまつ》が親の名で来る御慶かな〉があります。稚《わか》い子が主のところへ来て、親の口移しの口上《こうじょう》をのべたのでしょう。健気な子の様子がうかがえるほほえましい句です。歌舞伎の子役が思い出されるようなところが読者の関心にとどまるようで、新年になると句会などで話題になります。次の句は、山や海への挨拶です。

親里《おやざと》の山へ向って御慶哉《かな》　一茶《いっさ》

陸前の海を展《ひろ》げてわが御慶　高野《たかの》ムツオ

これらの例句にみられるように、新年という時間には日常とはちがうハレの気がみなぎっており、去年の一切を更新する、そんな覚悟を堂々と言えるのも年の始めならではです。

みちのくの馬どころより年始状

阿波野青畝《あわのせいほ》

遠方の人、平素無沙汰《ぶさた》をしている人などに書面で年賀の挨拶をするのが「年賀状（年始状）」です。元日に配達してもらうために、年末の多忙時期にこれを投函するというのも妙な気分ですが、その年賀状も一切がパソコンの文字というのが昨今です。美しい筆の字、大きな字、小さい字などを目にしただけで、何々さんには赤ちゃんが産まれたのだわ、あの方退院できたのだなどと、差出人の消息を思い合うことができるのも手書き時代の思い出となりました。

多くの正月行事が秘めていた厳粛な気が薄らいだのも、正月から予祝の精神が抜けたことにあるようです。新年のために調達していた「注連《しめ》」「門松《かどまつ》」「餅花《もちばな》」などが、素材やデザインをあれこれ考え、新年を迎える迎春用グッズになったのです。「餅」「食積《くいつ》み」なども普通の食べ物になりつつあります。料亭やホテルなどが早々と予約をとって大晦日に届けてくれる見た目の美しい重詰と、お母さんの作る昔ながらの重詰との差のようなものが、随所に見られるようになりました。

元日または三が日を休んで「初売り」「初漁」など、「初なになに」に胸をはずませることもなくなり、元日も喧噪《けんそう》のうちに終わってしまいます。「餅花」「繭玉《まゆだま》」など、白い餅や繭を稲の花に見立ててこの秋の豊作を祈る素朴な祈願がうすれましたが、豊作を念じなくても食べ物がたくさんあるのが当節ですから、これもうすれて当然でしょう。

新年行事の諸事だけでなく、社会環境や生活様式の変化は、かつての神事を観光のイベントにしたり、作句の役に立たない季語を易々《やすやす》と死語だとみなすようになってしまいましたが、最少の嵩《かさ》にして最高の量のこの国の人々の衣食住や民間行事の情報を蔵した書物である歳時記は、子孫に残す文化遺産の最たるものだという思いを強くします。

そんな思いで、だれもが「おめでとう」を言い交すお正月の景を目の当たりにしていますと、この言葉が失せぬかぎり歳時記は日本人の記憶を採録した書物としての命運を保持しつづけるだろうと思うのです。

山巓《さんてん》のいまだ暗きに年の神　喜代子

お正月の晴着

お正月に着る晴着のことを「春着《はるぎ》」といいます。このことを知らずに「春着」と聞けば、あたたかくなり花の咲く春になって着る軽やかな衣装のことだと思ってしまうでしょう。歳時記の春の部には「春装《しゅんそう》」「春服《しゅんぷく》」「花衣《はなごろも》」など春の衣を表す言葉はありますが、「春着」は新年の季語、「春著」とも書きます。

梢《こずえ》は常なり人に花さく初《はつ》衣《い》裳《しょう》　西鶴《さいかく》

この句のように、かつては「初衣装（初衣裳）」とも「正月小袖《こそで》」ともいわれていました。これらは現在の歳時記の傍題にも採用されています。

お正月は寒い冬なのになぜ春着というのか、そんな疑問をお持ちの方もあるでしょう。

明治という新時代の幕開けには実におおくの新事業や新制度が公布され、文字どおりの近代化が計られました。暦の改暦もその一つでした。旧暦の明治五年十二月三日に、明治の新政府は「この日を明治六年の一月一日とする」という改暦を実施しました。ながくこの国につづいてきた太陰太陽暦（旧暦）を太陽暦（新暦）に変えたのです。

それまでの暦では、春は一月、二月、三月と決められていましたので、お正月の一月は「春」の最初の月、つまり「初春《はつはる》」でした。

初春を迎えるよろこびは、いまも新年を寿《ことほ》ぐ賀状などに「頌春《しょうしゅん》」「初春のお喜びを申し上げます」として残っています。そのめでたい日に着る衣装が「春着」なのです。「正月」という春の最初に着る衣装なので「初衣装」とも呼ばれています。つまり「春着」という名称は、旧暦時代の名残《なごり》の言葉なのです。

一軒家より色が出て春着の児《こ》　阿波野青畝

遥かなる春著《はるぎ》やこちへ来ず曲る　山口誓子《やまぐちせいし》

どちらも「見かけた」春着で、なんともほほえましい句です。阿波野青畝の見たのは幼い女の子です。いきなり飛び出してきたその子の衣装の色がまず印象に残ったのです。山口誓子が見かけたのはたぶん妙齢の女性でしょう。ああ、きれいだなとすれちがうのを楽しみにしていたのに、こちらには来ないで曲がっちゃった、という残念な句です。

膝《ひざ》に来て模様に満ちて春着の子　中村草田男《なかむらくさたお》

お正月に晴着を着せてもらって嬉《うれ》しい子どもがお父さんのところへ見せに来てそのまま膝に乗っかっている句です。父子ともに嬉しい様子が伝わってきます。

春着着る子の遥《はる》けさよ熱の中　石《いし》田《だ》波《は》郷《きょう》

子と離れて療養中の父親が、高熱に苦しみながら、自宅にいる子の晴着姿を「かわいいだろうな」「見たいものだな」と思っている句です。晴着を着た子どものほうも、お父さんに見せたいなと思ったことでしょう。

これらの句のように「春着」といえば女の子の晴着姿を詠《よ》んだ句が多く目にとまります。平素のお転《てん》婆《ば》が急におしとやかになり、みんなからかわいい、すてきと称賛を浴びるときでもあります。男の子も新しいセーターだとか、お正月まで待って買ってもらったジャケットとか、それなりに新年ならではの「初衣装」を着てはいるのですが、なんといっても目立つのは女の子の晴着です。

かつての「お正月がくる」ということが特別中の特別であったころ、身近のものを新たに調達するのは「お正月」のしきたりでもありました。小学生のころ、運動会でくたくたになった運動靴も、新品を授かるのはお正月だとわかっていましたから、くたくたのままで辛抱したものです。下着も履物も、お正月を一つのけじめの時として、新しい年に変える、これには「待つたのしみ」がありました。姉妹の多いところでは、上から下へのお下がりで繋《つな》いだものです。

たぶん、女児が三つ身、四つ身の和服を着るはじめてのチャンスが、お正月とか七五三の祝いのようなハレの日であって、そこから和服になじみ、和服を着こなすように成長してゆくように思います。

ややねびし人の春著の濃《こ》紫《むらさき》　松本《まつもと》たかし

「ねびる」とは「年をとる」「ふける」といったような意味。ややねびた人もおおいにねびた人も、新年ともなればそれなりに春着の算段をします。松本たかしの句の「ややねびし人」の濃い紫など、かなりくっきりした色目の模様で、着こなしのむつかしい和服です。拙句に、

濃紫見えて春着の肩あたり　喜代子

があるのですが、新調の付下げの濃いむらさきがたまたま肩のところにきてしまい、色に負けそうだと思ったことでした。

現在のように常時がハレの日のように衣食住に恵まれた時代とちがい、昭和の時代

とは、正月にあれこれ揃《そろ》えること、いつもとちがうハレの日のために平素をつましく過ごすこと、これがこの国の大方の暮らしぶりであり心情の基であったのです。けっして華美ではないのだけれど小ざっぱりしたものに手を通す、それで十分だったのです。

現代には現代風のお正月の晴着があるでしょう。それを句にしてみるのも楽しみです。

幅広の春着の縞《しま》目《め》立ち上がる　喜代子

寒中の初芝居

一月五日は「小寒」。この日をもって「寒の入り」、いよいよ本格的な寒さの到来です。この日から四日目が寒四郎《かんしろう》、九日目が寒九《かんく》。ともにきびしい寒さを告げる言葉です。ことに寒九は寒九の水、寒九の雨などといい、飲めば元気になる水、降れば豊作の兆しとされています。十五日のちの一月二十日は「大寒」です。寒さが強いのは大寒よりむしろ小寒以後大寒までですが、一年中でもっとも寒いのがこの時期です。

そんな寒さが到来するすこし前、京都の鴨川《かもがわ》沿いの柳の葉が落ち、川風が頬《ほお》にしみはじめるころ、四条河原町《しじょうかわらまち》の南座《みなみざ》の正面に顔見世《かおみせ》の招き看板がずらりと掲げられます。勘亭《かんてい》流という独特の書風で出演の役者の名前を書いたものです。

顔見世のまねきの掛る角度かな　後藤比奈夫《ごとうひなお》

この句、初見のとき、下から見上げるように掛かる招き看板をこんなふうに表現されるとは、と感服したことでした。これが掛かる様子はテレビや新聞などの季節の話題として報道されますので、毎年のことながら、ああ今年も「顔見世の時節か」という感慨をかき立てられます。この招きのあがる「顔見世の時節」とは、京都に師走《しわす》の到来を知らせるものとして江戸の昔から今につづいている古都ならではの伝統的な風物といえます。

京都では例年十二月一日から二十六日まで催されるこの「吉例顔見世興行」を一年の初めの興行としています。

江戸時代、芝居狂言の役者さんが十一月（旧暦）から翌年十月までの一年契約であったため、十一月のはじめにあたらしい役者が顔を揃え、舞台で名乗り口上をのべたことにはじまるのが今の顔見世なのだそうです。『飛鳥川《あすかがわ》』（一八一〇年）という古書に「歌舞伎芝居、例年正月二日初まりて、顔見世は霜月朔日《しもつきついたち》初まりて定例なれども、近年定日にはじまるは稀《まれ》なり」とあります。

現在では京都の四条大橋のたもとの南座での新暦十二月が定例となっております。この顔見世興行は、歌舞伎界の大事な伝統行事で、いまも東西の人気役者がずらりと顔を揃えます。

顔見世や名もあらたまる役者ぶり　水原秋櫻子《みずはらしゅうおうし》

ここから向こう一年の芝居がはじまるのですが、「顔見世」は歳時記には冬の部、十二月の季語として登載されています。

国許《くにもと》の母が来てゐて二の替《かわり》　富安風生《とみやすふうせい》

手拭《てぬぐい》の紙屋治兵衛《かみやじへえ》も二の替　後藤比奈夫

二の替初音の鼓《つづみ》ひびきけり　三村純也《みむらじゅんや》

十二月に顔見世を終えることから、京都では新年の芝居を「二の替」と呼んでおり、歳時記の新年の部の「初芝居」として立項されております。

柝《き》の入りてひきしまる灯や初芝居　水原秋櫻子

初曾我《はっそが》や灯にひるがへる蝶《ちょう》千鳥　吉田冬葉《よしだとうよう》

江戸つまり東京での初芝居は、正真の一月興行となります。初芝居にふさわしい出しものを揃え、春をことほぎます。三番叟《さんばそう》のような松羽目《まつばめ》物や曾我《そが》物など、伝統的なプログラムが組まれ、こちらも会場は春着でにぎやかです。

親と子の親獅子《おやじし》子獅子初芝居　戸板康二《といたやすじ》

紙の花紙の雪降る初芝居　角川春樹《かどかわはるき》

『続飛鳥川』（十九世紀中頃）に「寛延《かんえん》、宝暦《ほうれき》のころ、文化《ぶんか》のころまで売る物、元日に番付売り。初狂言、正月二日始まる。番付代六文」とありますとおり、二日を初日としていたところが多かったのですが、商業演劇では元日を初日としているところも多くなりました。

「初芝居」といえば上方の二の替、江戸の歌舞伎座など、名だたる劇場での歌舞伎のこととなっておりますが、他にも各地の各劇場で「正月興行」が催されます。

私の住む街の小さな芝居小屋にも、季節ごとに大衆演劇の一座がやってきて、歌舞伎座や南座にもおとらぬ人気を保っています。大衆演劇の一月興行、そのファンにとってはこれが初芝居といえるかもしれません。

いろいろな場でお正月の様相が変貌し、大規模商店が元日から営業をはじめたり、若い方たちの集う場がいつも以上ににぎわっている当節、これまでの二日初日が元日初日になることも時の流れといえそうです。

歌舞伎以外であっても、演目や劇場内に常の芝居にはない正月ならではの雰《ふん》囲《い》気《き》のただよっていれば、商業演劇やミュージカルなども、「初芝居」として作句してもいいのではないでしょうか。

荷を持たぬひと日結構初芝居　喜代子

小正月《こしょうがつ》

一月一日の大正月に対して十五日を小正月といいます。ところによっては十四日の夜から十六日までを小正月として餅を搗《つ》いたり、祝いの行事をしたりする習俗があります。西日本では「女《おんな》正月」ともいい、大正月に忙しかった女性たちだけで、年賀に出かけたりお汁粉を食べたりして寛ぐのだそうです。

この日は「骨《ほね》正月」でもあります。いまやすっかり忘れられ、言葉も消えてしまいましたが、私には記憶鮮明に残っている季語です。二十日を骨正月にしたところも多いようですが、わが家では十五日をそう呼んでいました。この日、お正月用の鯛《たい》や鰤《ぶり》の骨やアラにおせちの余り物を入れてごった煮にするのです。骨の間に蒲鉾《かまぼこ》が嵌《はま》っていたり、里芋にごまめが頭を突っ込んでいたりで大笑いしながら食べたものです。

これをつつくのは、祖母、母、私という女だけで、弟などいくら年少でも男性という理由でほかのものを食べていました。いわばこれをもってお正月はおしまいというケジメの日だったのです。食べられるものはとことん食べ尽くすという風習でしたが、あの鍋《なべ》の中身は、現在であればとうに廃棄するものばかりでした。

こんな時代もあったのです。

冬は走って体を温める。昭和32年1月 埼玉県両神村午蒡

あとがき

いまだに西暦が苦手な私には、出来事を西暦表記されるとそれを和暦に換算しないとよく理解できないという弱点があります。身辺にはその逆だという方が多く、あなたは面倒だねと笑われる始末です。一九五九年ではその年に何があったかはわからないのですが、昭和三十四年といわれると、たちまち皇太子（現上皇様）のご成婚のあった年、伊勢湾《いせわん》台風の年、高浜虚子《たかはまきょし》が没した年、などと連鎖的に思い出すのです。

ものごころついたのが戦前、戦時を経て九歳で敗戦、それからが戦後で民主主義とか男女平等とかに馴《な》れていったのがその後の道でした。祖母や母に婦人参政権が認められたのが敗戦後の昭和二十年の年末でした。

昨日まで敵であったアメリカが一転してお友だちになり、そのアメリカを知るテキストはといえば、昭和二十四年から朝日新聞に連載されるようになったチック・ヤングの四コマ漫画「ブロンディ」でした。アメリカではお部屋の中でも靴を履いているんだ、サンドイッチというものが朝ごはんなんだ、そんな驚きの毎日だったのです。洟《はな》を垂らし、戸外で棒を振り回して遊んでいた同輩たちが、やがて戦後の高度経済成長の担い手となってゆきました。

振り返れば時代の細部までもが見えてくる昭和時代も、検証と郷愁が綯《な》い交ぜになったかたちで私世代を引きずったり引きずられたりしつつ、やがて完全な過去になっていきます。幸いであったのは、昭和二十年八月十五日以降、武器を手に人殺しに赴く戦争、殺される戦争がなかったということです。この後も戦争のない日々が続きますように、これはもう筆舌言語に尽くし難い祈りの極みです。加えて、天与の美しい国土と言霊《ことだま》の幸《さきわ》う国がこの後も続きますようにと思うばかりです。千古より続いてきたこの国土の順調な四季とゆたかなことばを明日の人たちに無傷のまま届けたい、ささやかな私の季節を書き綴《つづ》った本書を前に、そのおもいを強くしております。

写真家の武藤盈氏よりは、昭和三十年代の農山村の貴重な写真を多々借用いたし、往時をしのぶよすがとさせていただきました。まことにありがとうございました。

この数年、「ＮＨＫ俳句」に連載しましたあれこれを編集部で整理編集してくださり、この一書にしてくださいました。

厄介な労をおとりくださったこと、まことにありがたく、心より御礼申し上げます。

宇多喜代子

宇多喜代子《うだきよこ》

昭和10年、山口県生まれ。「獅林《しりん》」を経て「草苑《そうえん》」にて桂信子《かつらのぶこ》に師事。現在は「草樹《そうじゅ》」会員。第29回現代俳句協会賞、第35回蛇笏《だこつ》賞、第27回詩歌文学館賞、第14回現代俳句大賞、日本芸術院賞等受賞。令和元年、文化功労者に選ばれる。句集に『りらの木』『夏月集』『象』『記憶』等。著書に『NHK俳句 厨に暮らす 語り継ぎたい台所の季語』など多数。

NHK俳句

暦と暮らす 語り継ぎたい季語と知恵

二〇二〇年四月十五日 第一刷発行

二〇二二年六月二十五日 第三刷発行

著者 宇多喜代子

発行者 土井成紀

発行所 NHK出版

〒一五〇-八〇八一

東京都渋谷区宇田川町四一-一

電話 〇五七〇-〇〇九-三二一(問い合わせ)

〇五七〇-〇〇〇-三二一(注文)

ホームページ https://www.nhk-book.co.jp

振替 〇〇一一〇-一-四九七〇一

印刷 大熊整美堂

製本 藤田製本

Printed in Japan

ISBN978-4-14-016275-0 C0092